# Los relámpagos de agosto

Biblioteca Jorge Ibargüengoitia
Novela

## Biografía

Jorge Ibargüengoitia (Guanajuato, México, 1928 - Madrid, España, 1983) fue un colaborador incansable de diversos periódicos, revistas y suplementos culturales de gran importancia en el medio cultural de Hispanoamérica. Su obra, una de las más importantes y originales del siglo XX, transita por casi todos los géneros: novela, cuento, teatro, artículo periodístico, ensayo y relato infantil. A lo largo de su trayectoria obtuvo varios de los reconocimientos más importantes de su época, como el Premio Casa de las Américas en 1964, el Premio Internacional de Novela México en 1974 y las becas del Centro Mexicano de Escritores, de las fundaciones Rockefeller, Fairfield y Guggenheim. La suma de su trabajo lo sitúa hoy como un autor imprescindible para entender la literatura latinoamericana actual.

# Jorge Ibargüengoitia
## Los relámpagos de agosto

© 2019, Editorial Planeta Mexicana, S.A. de C.V.
Bajo el sello editorial BOOKET M.R.
Avenida Presidente Masarik núm. 111, Piso 2
Colonia Polanco V Sección, Miguel Hidalgo
C.P. 11560, Ciudad de México
www.planetadelibros.com.mx

Diseño de colección: Marco Xolio
Adaptación de portada: Cáskara | Diseño y Empaque
Fotografía de autor: © Procesofoto

Primera edición en formato epub: mayo de 2018
ISBN: 978-607-07-5070-0

Edición original en Serie del volador: 1964
Primera edición en esta presentación: noviembre de 2019
ISBN: 978-607-07-6228-4

Impreso en los talleres de Litográfica Ingramex, S.A. de C.V.
Centeno núm. 162-1, colonia Granjas Esmeralda, Ciudad de México
Impreso y hecho en México –*Printed and made in Mexico*

*A Matilde, mi compañera de tantos años, espejo de mujer mexicana, que supo sobrellevar con la sonrisa en los labios el cáliz amargo que significa ser esposa de un hombre íntegro.*

GRAL. DE DIVISIÓN
JOSÉ GUADALUPE ARROYO

# PRÓLOGO

Manejo la espada con más destreza que la pluma, lo sé; lo reconozco. Nunca me hubiera atrevido a escribir estas Memorias si no fuera porque he sido vilipendiado, vituperado y condenado al ostracismo, y menos a intitularlas *Los relámpagos de agosto* (título que me parece verdaderamente soez). El único responsable del libro y del título es Jorge Ibargüengoitia, un individuo que se dice escritor mexicano. Sirva, sin embargo, el cartapacio que esto prologa, para deshacer algunos malentendidos, confundir a algunos calumniadores, y poner los puntos sobre las íes sobre lo que piensan de mí los que hayan leído las *Memorias del Gordo Artajo*, las declaraciones que hizo al *Heraldo de Nuevo León* el malagradecido de Germán Trenza, y sobre todo, la Nefasta Leyenda que acerca de la Revolución del 29 tejió, con lo que se dice ahora muy mala leche, el desgraciado de Vidal Sánchez.

# CAPÍTULO I

¿Por dónde empezar? A nadie le importa en dónde nací, ni quiénes fueron mis padres, ni cuántos años estudié, ni por qué razón me nombraron Secretario Particular de la Presidencia; sin embargo, quiero dejar bien claro que no nací en un petate, como dice Artajo, ni mi madre fue prostituta, como han insinuado algunos, ni es verdad que nunca haya pisado una escuela, puesto que terminé la primaria hasta con elogios de los maestros; en cuanto al puesto de Secretario Particular de la Presidencia de la República, me lo ofrecieron en consideración de mis méritos personales, entre los cuales se cuentan mi refinada educación que siempre causa admiración y envidia, mi honradez a toda prueba, que en ocasiones llegó a acarrearme dificultades con la Policía, mi inteligencia despierta, y sobre todo, mi simpatía personal, que para muchas personas envidiosas resulta insoportable.

Baste apuntar que a los treinta y ocho años, precisamente cuando se apagó mi estrella, ostentando el grado de General Brigadier y el mando del 45° Regimiento de Caballería, disfrutaba yo de las delicias de la paz hogareña, acompañado de mi señora esposa (Matilde) y de la numerosa prole que entre los dos hemos procreado, cuando recibí una carta que guardo hasta la fecha y que decía así: (…Conviene advertir que todo esto sucedió en el año de 28 y en una ciudad que, para no entrar en averiguatas, llamaré Vieyra, capital del Estado del mismo nombre, Vieyra, Viey). La carta, digo, decía así:

> Querido Lupe:
>
> Como te habrás enterado por los periódicos, gané las elecciones por una mayoría aplastante. Creo que esto es uno de los grandes triunfos de la Revolución. Como quien dice, estoy otra vez en el candelero. Vente a México lo más pronto que puedas para que platiquemos. Quiero que te encargues de mi Secretaría Particular.
>
> Marcos González, General de Div.
> (Rúbrica).

Como se comprenderá me desprendí inmediatamente de los brazos de mi señora esposa, dije adiós a la prole, dejé la paz hogareña y me dirigí al Casino a festejar.

No vaya a pensarse que el mejoramiento de mi posición era el motivo de mi alegría (aunque hay que admitir que de Comandante del 45° Regimiento a Secretario de la Presidencia hay un buen paso), pues siempre me he distinguido por mi desinterés. No, señor. En realidad, lo que mayor satisfacción me daba es que por fin mis méritos iban a ser reconocidos de una manera oficial. Le contesté a González telegráficamente lo que siempre se dice en estos casos, que siempre es muy cierto: «En este puesto podré colaborar de una manera más efectiva para alcanzar los fines que persigue la Revolución».

¿Por qué de entre tantos generales que habíamos entonces en el Ejército Nacional había González de escogerme a mí para Secretario Particular? Muy sencillo, por mis méritos, como dije antes, y además porque me debía dos favores. El primero era que cuando perdimos la batalla de Santa Fe, fue por culpa suya, de González, que debió avanzar con la Brigada de Caballería cuando yo hubiera despejado de tiradores el cerro de Santiago, y no avanzó nunca, porque le dio miedo o porque se le olvidó, y nos pegaron, y me echaron a mí la culpa, pero yo, gran conocedor como soy de los caracteres humanos, sabía que aquel hombre iba a llegar muy lejos, y no dije nada; soporté el oprobio, y esas cosas se agradecen. El otro favor es un secreto, y me lo llevaré a la tumba.

Volviendo al hilo de mi narración, diré pues, que festejé el nombramiento, aunque no con los desórdenes que después se me atribuyeron. Eso sí, la champaña ha sido siempre una de mis debilidades, y no faltó en esa ocasión; pero si el diputado Solís balaceó al coronel Medina fue por una cuestión de celos a la que yo soy ajeno, y si la señorita Eulalia Arozamena saltó por la ventana desnuda, no fue porque yo la empujara, que más bien estaba tratando de detenerla. De cualquier manera, ni el coronel Medina, ni la señorita Arozamena perdieron la vida, así que la cosa se reduce a un chisme sin importancia de los que he sido objeto y víctima toda mi vida, debido a la envidia que causan mis modales distinguidos y mi refinada educación.

Al día siguiente a las diez de la mañana, abordé el tren de Juárez con destino a la Ciudad de México, y después de despojarme de mi fornitura en la que llevaba mi pistola de cacha de nácar y colgarla de un ganchito, ocupé un cómodo asiento en el carro *pullman*.

Yo no acostumbro a leer, sin embargo, cuando viajo, hojeo el periódico. En esas estaba, cuando entró en el vagón, con sombrero tejano y fumando un puro, muy quitado de la pena, como si nadie lo hubiera corrido del país, el general Macedonio Gálvez. Cuando me vio, se hizo el disimulado y quiso pasar de largo, pero yo lo detuve y le dije:

—¿A dónde vas Mace? ¿Ya no te acuerdas de mí? —Le digo de tú, porque hemos sido compañeros de armas.

Él me contestó, como si no me hubiera visto antes:

—Claro, Lupe —y entonces ya nos abrazamos y todo eso. Nos sentamos frente a frente, y fue entonces cuando noté que estaba más derrotado que su madre y que lo único que traía nuevo era el puro.

Macedonio es uno de los casos más notables de infortunio militar que he conocido: en la batalla de Buenavista, en el 17, puso a González a correr como una liebre, y luego anduvo echándoselas y diciéndole a todo el mundo que él había derrotado a González; y que viene el veinte, y que sale González de Presidente por primera vez, y que toma posesión, y el primer acto oficial que hizo fue correr a Macedonio del país.

Según me contó aquella mañana, había vivido ocho años en Amarillo, Texas, y se había aburrido tanto, y le había ido tan mal, que regresaba a México, aunque fuera nomás para que lo mataran (que era probablemente lo que iba a suceder, porque como es del dominio público, González acababa de salir electo otra vez). También me contó la historia del hermano que está a las puertas de la muerte, que es la que cuentan todos los que regresan a México sin permiso. Luego, me pidió que no le dijera a nadie que lo había visto, porque pretendía viajar de incógnito, y yo le contesté airadamente que me insultaba pidiéndome tal cosa, puesto que siempre me he distinguido por mi carácter bonachón, mi lealtad para con mis amigos, y mi generosidad hacia las personas que están en desgracia. Abusando de esta aclaración, apenas acababa de hacerla yo, cuando me pidió trescientos pesos. Me negué a dárselos. No porque no los tuviera, sino porque una cosa es una cosa, y otra cosa es otra. En cambio, lo invité a comer, y él aceptó. Me levanté de mi asiento, puse la fornitura con la pistola en la canastilla, sobre ella el periódico, me abroché la chaqueta, y salimos juntos en dirección del carro comedor.

Tomamos unas copas y luego pedimos una abundante comida. (Yo nada le había dicho de mi nombramiento, ya que no me gusta andar fanfarroneando, pues a veces las cosas se desbaratan, como sucedió en aquella ocasión). Pero sigo adelante: Cuando estábamos comiendo, el tren se detuvo en la estación X, que es un pueblo grande, y cuando andaban gritando, «Vámonos», Macedonio se levantó del asiento y dijo que iba al *water*, salió del carro-comedor, y yo seguí comiendo; arrancó el tren, y yo seguí comiendo; acabé de comer y Macedonio no regresaba; y pedí un cognac, y no regresaba; y pagué la cuenta y no regresó; caminé hasta mi vagón y al llegar a mi lugar noté... ¡claro! ustedes ya se habrán dado cuenta qué fue lo que noté, porque se necesita ser un tarugo como yo para no imaginárselo: que en vez de ir al *water*, Macedonio había venido por mi pistola y se había bajado del tren cuando estaba parado. Muchas veces en mi vida me he enfrentado a situaciones que me dejan aterrado de la maldad humana. Ésta fue una de ellas.

En la siguiente estación telegrafié a la guarnición de la plaza X, diciéndoles que si agarraban a Macedonio, lo pasaran por las armas, pero todo fue inútil... En fin, no fue tan inútil, o mejor dicho, más vale que haya sido así, como se verá a su debido tiempo.

Esa noche no pude dormir de la rabia que tenía y cuando amaneció, nunca me imaginé que unas cuantas horas más tarde, mi carrera militar iba a recibir un golpe del que nunca se ha recuperado.

Según parece, en Lechería subieron los periódicos. Yo estaba rasurándome en el gabinete de caballeros, y tenía la cara enjabonada, cuando alguien pasó diciendo: «Se murió el viejo». Yo no hice caso y seguí rasurándome, cuando entró el auditor con un periódico que decía: «Murió el General González de apoplejía». Y había un retrato de González: el mero mero, el héroe de mil batallas, el Presidente Electo, el Primer Mexicano... el que acababa de nombrarme su Secretario Particular.

No sé por qué ni cómo fui a dar a la plataforma, con la cara llena de jabón, y desde allí vi un espectáculo que era apropiado para el momento: al pie de una barda estaba una hilera de hombres haciendo sus necesidades fisiológicas.

# CAPÍTULO II

En este capítulo voy a revelar la manera en que la pérfida y caprichosa Fortuna me asestó el segundo mandoble de ese día, fatídico, por cierto, no sólo para mi carrera militar, sino para mi Patria tan querida, por la que con gusto he pasado tantos sinsabores y desvelos: México.

Al bajar del tren en la estación Colonia, lo primero que hice fue mandar llamar al Jefe de la Estación, quien al ver mi gallardo uniforme y mi actitud decidida y al escuchar la explicación que le di de que estábamos en una Emergencia Nacional, no vaciló en facilitarme el teléfono privado que tenía en su oficina que fue el medio de que me valí para comunicarme con Germán Trenza, que era entonces mi gran amigo.

—¡Se nos murió el viejo, Lupe! —me dijo a través de la línea, casi sollozando. Él iba a ser Ministro de Agricultura y Fomento.

—¿Qué hacemos?

—Ir al velorio. Allí veremos qué se puede arreglar.

Colgué. Ordené al Jefe de la Estación que llevara mis maletas al Hotel Cosmopolita y a bordo de un forcito de alquiler, me dirigí a casa de Trenza, que vivía en Santa María.

Lo encontré poniéndose las botas con ayuda de Camila, su concubina. La casa a que me refiero, era en realidad lo que hoy en día se conoce vulgarmente con el nombre de «leonero». Trenza vivía en Tampico con su legítima esposa y era Jefe de la Zona Militar de Tamaulipas.

Mientras Camila le rizaba los bigotes, me explicó a grandes rasgos la situación: el fallecimiento de González dejaba a la Nación sumida en el caos; la única figura política de importancia en ese momento era Vidal Sánchez, el Presidente en funciones quien, por consiguiente, no podía reelegirse; así que urgía encontrar entre nosotros, alguien que pudiera ocupar el puesto, garantizando el respeto a los postulados sacrosantos de la Revolución y a las exigencias legítimas de los diferentes partidos políticos.

El automóvil de Germán estaba en la puerta de su casa. Subimos en él y mientras viajábamos raudamente rumbo a la casa de González, me dijo:

—Otra cosa que debemos exigir a la persona que escojamos para Presidente, Lupe —Germán maniobra su poderoso Packard con gran destreza—, es que respete las promesas que nos hizo el viejo.

—A mí me acababa de nombrar su Secretario Particular.

Comprendí que aunque yo no tenía la menor ambición política, probablemente mis méritos llegaran a ser reconocidos de una manera oficial, a pesar de la muerte de mi querido jefe, a quien quise como a un padre.

La casa de González estaba en las calles de Londres, frente a la Embajada Española. La Columna que había de rendirle los últimos Honores Militares, comandada por el Gordo Artajo y formada con tropas de las tres armas, tenía su vanguardia en las calles de Lisboa y llegaba hasta Peralvillo; los coches de los dolientes ocupaban (en doble fila), todas las calles, hasta Chapultepec. La ciudad estaba completamente paralizada. Por entre los visillos podían distinguirse rostros malhumorados; los niños, ajenos a la desgracia que la muerte del Prócer significaba para la Nación, corrían alegres entre los tambores enlutados. El duelo era general.

Hasta la fecha no sé cómo pudimos entrar en la casa: nos abrimos paso entre los burócratas, entre los representantes del FUC, del PUC y del MUC, entre el Honorable Cuerpo Diplomático, entre los aspirantes a Ministros de Estado, entre los Ministros de Estado, entre los Compañeros de Armas del difunto, entre los allegados, entre los parientes, hasta que llegamos junto a la inconsolable viuda, que nos estrechó contra su corazón, como a dos hermanos.

Zenaidita González, la hermana de mi querido y malogrado jefe, nos condujo al Salón Chino, en donde estaba el féretro, a cuyos lados, junto a las velas, hacían guardia en esos momentos, Vidal Sánchez, con levita y banda tricolor en el pecho, el Gordo Artajo en uniforme de gala, Juan Valdivia, que no había tenido tiempo de enlutarse y llevaba un traje de gabardina verde y por último… nada menos que Eulalio Pérez H.

Zenaidita nos empujó hasta el féretro.

—Mírenlo, parece que está dormido.

Juro que nunca vi un cadáver tan desfigurado.

Cuando salí del Salón Chino, encontré a la viuda, que me hizo una seña, como si quisiera decirme algo que nadie más debería oír. La seguí hasta la despensa, situada en el sótano de la casa. Allí se detuvo.

—¿Sabe cuáles fueron sus últimas palabras?

Yo le contesté que no, naturalmente. Entonces, ella me hizo una de las revelaciones más sorprendentes que haya yo tenido nunca:

—«Quiero que mi reloj de oro sea para Lupe». Para usted.

No puedo expresar la emoción que me produjeron estas palabras. ¡El último pensamiento del Jefe fue para mí! Mis ojos se rasaron de lágrimas. Pero entonces, ella me dio la noticia que tan tristes consecuencias habría de tener:

—Yo se lo hubiera dado a usted con mucho gusto, porque yo, a Marcos… —aquí dijo que lo quería mucho y todo eso—. Pero ¿sabe qué? ¡Se lo han robado!

—¿Quién fue? —pregunté lleno de indignación.

Entonces, ella me explicó que había dejado el reloj sobre el buró de la recámara y que el único que había entrado en ese lugar (a recoger la espada), había sido Pérez H. Me refiero exactamente al Pérez H. que todos conocemos: Eulalio Pérez H. Que la viuda de Marcos González me dijo que Eulalio Pérez H. se robó el reloj de oro que su marido me había legado con sus últimas palabras, estoy dispuesto a jurarlo ante cualquier tribunal: hasta el Divino.

Arrastrado por un impulso generoso de romperle, como se dice vulgarmente, el hocico, al tantas veces mencionado con antelación, di un paso hacia la salida. Pero la viuda se interpuso.

Conviene hacer un paréntesis. La viuda de González a que me refiero, es la legítima. O mejor dicho, la reconocida oficialmente como legítima: doña Soledad Espino de González y Joaquina Aldebarán de González, que también han sido consideradas como viudas del general González, pertenecen a otra clase social muy diferente.

—¿A dónde va?

Yo le expliqué a qué iba. Ella me suplicó que lo dejara para otra ocasión.

—Bastante triste es quedarse sin marido —me dijo— para agregarle estos escándalos.

En efecto. Como suele ocurrir a los que se dedican a la azarosa, aunque gloriosa vida militar, Marcos González había tenido que recurrir a los servicios de varias mujeres y con algunas de ellas había procreado. Durante el velorio, me explicó entonces la viuda, se habían presentado cuatro enlutadas y cuando menos una docena de vástagos no reconocidos (a los que por cierto se atribuyó después la desaparición de la cuchillería y el cristal veneciano), creando una situación muy desagradable, como es fácil de comprender. Yo, con la galantería que siempre me ha caracterizado, accedí a su petición y le prometí no provocar un escándalo inmediatamente.

Mientras caminaba por los pasillos, de regreso a los salones, cavilando, topé de manos a boca con Vidal Sánchez, que me agarró del brazo y me dijo:

—Date una vuelta por Palacio, Lupe, que tengo que hablar contigo. —Textual. Luego se fue, y antes de que yo tuviera tiempo de contestarle vi, con horror, que el Presidente de la República (Vidal Sánchez, que aunque era un torvo asesino, no por eso dejaba de tener la dignidad que le otorgaba la Constitución) se dirigía al lugar en donde estaba el ratero Pérez H. que acababa de despojarme del último recuerdo de mi querido jefe; conferenciaba con él y después, ambos, iban con Jefferson, el embajador de los Estados Unidos. Estoy seguro de que vi a este último hacer un signo afirmativo.

Volví la cabeza, tratando de dirigir mis miradas a un lugar menos impuro y descubrí a Baltasar Mendieta guardando en su bolsa una figurilla de porcelana. Desesperado, entré en el Salón Chino e hice un cuarto de hora de guardia, que fue interrumpida por Trenza que se me acercó con mucho misterio y me dijo al oído:

—Los muchachos están en el comedor. —Y se fue.

Yo lo seguí hasta el amplio y oscuro comedor de la mansión (copia fiel del existente en el Castillo de Chapultepec), en donde se habían reunido mis antiguos compañeros de armas para saborear las últimas botellas de aquel delicioso cognac que fuera tan apreciado por el General González.

En la penumbra pude distinguir la figura imponente del Gordo Artajo en uniforme de gala, a cuyo alrededor se habían congregado Trenza, Canalejo, Juan Valdivia, Ramírez, Anastasio Rodríguez y Augusto Corona.

Yo cerré la puerta y Germán la atoró con una silla. Todos los allí presentes me saludaron con amistad y respeto. Cuando Germán y yo tomamos asiento, Juan Valdivia se puso de pie y comenzó diciendo:

—¡Compañeros! —en sus tiempos de estudiante había sido campeón de oratoria en Celaya—. Nos hemos reunido aquí, adustos, expectantes, dolidos, para deliberar la actitud a tomar, la palabra a creer, el camino a seguir, en estos momentos de transición violenta en que la Patria, no recuperada aún del golpe que representa la desaparición de la figura ígnea del general González, contempla un porvenir nebuloso, poblado de fantasmas apocalípticos… —Etcétera, etcétera.

Así siguió por un rato, hasta que acabó cediéndole la palabra al Gordo Artajo, que de todos los allí presentes era el más importante, quizá por ser el más pesado, quizá también, por tener a sus órdenes siete mil hombres, con cuatro regimientos de artillería. (Tenía un ejemplar de la Constitución en la mano).

—Como todos sabemos —dijo el Gordo sin levantarse de su asiento—, la Constitución de nuestro país establece que cuando el Presidente de la República fallece, el Ministro de Gobernación queda automáticamente investido del cargo.

Todos prorrumpimos en aplausos y vivas para Valdivia Ramírez, que era Ministro de Gobernación. Ya alguien había propuesto un brindis en su honor, cuando Augusto Corona, el Camaleón, levantó la mano diciendo:

—Un momento, compañeros —y luego, dirigiéndose a Artajo, agregó—: Me parece que está usted en un error, mi General.

Artajo se molestó visiblemente y sin embargo haciendo gala de caballerosidad, invitó al Camaleón a expresarse con más claridad, lo que éste hizo en los términos siguientes u otros parecidos:

—El párrafo de la Constitución en el que sin duda están basadas sus interesantes palabras, mi General, se refiere a la muerte del Presidente en Funciones y el General González era Presidente Electo. Ese párrafo se aplicaría si el difunto fuera el General Vidal Sánchez, lo cual, desgraciadamente, no es el caso.

Hubo un silencio, que interrumpió el Gordo Artajo diciendo:

—Bueno, es lo mismo.

—No, mi General —contestó el Camaleón—, yo quisiera que se leyera el Inciso N.

El Inciso N resultó tener un significado completamente diferente: cuando fallece el Presidente Electo, la Cámara nombra un Interino que tiene por función convocar a nuevas elecciones.

Hubo otro silencio. Esta vez, lúgubre, porque una cosa era tener a Valdivia, que era de confianza, de interino y otra muy distinta, estar en manos de la Cámara, que es muy espantadiza y hace lo que le ordena el primer bragado que se presenta.

—Propongo —dijo Canalejo, el Ave Negra del Ejército Mexicano— que el compañero Anastasio Rodríguez, que es diputado, promueva en la Cámara la anulación del Inciso N por improcedente.

—¿Improcedente por qué? —preguntó Anastasio, que nunca habló en la Cámara por timidez. No sé cómo llegó a General de Brigada.

—Improcedente porque no nos conviene, muchacho —le explicó Trenza con mucha calma.

Aquí intervine yo. Recuerdo que dije exactamente lo siguiente:

—Nosotros estaremos en la galería para brindarte nuestro apoyo moral. —Y no, como afirma el Gordo Artajo en sus *Memorias*: «Nosotros rodearemos la Cámara con nuestras tropas y obligaremos a los diputados a declarar en receso la Constitución, por improcedente». Esto constituye una difamación indigna de un militar mexicano: en primer lugar, mis tropas, es decir, el 45° de Caballería, estaban en Vieyra, Viey.; en segundo, siempre he opinado que la Constitución, nuestra Magna Carta, es una de las más altas glorias nacionales y por consiguiente, no debe ser declarada en receso; en tercero, siempre he creído que los diputados son una sarta de mentecatos y que no hace falta ninguna tropa para obligarlos a actuar de tal o cual manera.

Después de que yo dije esto, es decir, lo de la galería y del apoyo moral y no lo de las tropas, intervino el Camaleón:

—Tengamos en cuenta, compañeros, el mal efecto que causará en la opinión pública cualquier intento de anulación del Inciso N.

Aquí intervino Trenza, que después de todo, era el Héroe de Salamanca, el Defensor de Parral y el Batidor del Turco Godínez, para decir por qué parte del cuerpo se pasaba a la opinión pública.

Todos prorrumpimos en aplausos, ante una actitud tan varonil y Canalejo se puso de pie para proponer lo siguiente:

—Que se borre el Inciso N y se agregue un condicillo que diga así: «Cuando muere el Presidente Electo, el Presidente en Funciones es reemplazado, automáticamente, por el Secretario de Gobernación».

Se oyeron gritos de «¡Abajo Vidal Sánchez!» y «¡Que Valdivia sea nuestro Presidente!», y cuando estábamos más entusiasmados, notamos que este último, es decir, Valdivia, estaba de pie, pidiendo silencio, listo para otro discurso:

—¡Compañeros! —dijo— mi corazón se funde en el embate de las mil emociones contradictorias que esta escena… —Aquí habló de su agradecimiento para nosotros, del sentido del deber, de la Constitución y de Don Venustiano y de que más vale no menear el bote, porque la Patria y la sangre de sus hijos y todo eso. En resumidas cuentas, que todo podía arreglarse por la buena. Acabó haciendo unas consideraciones que nos dejaron a todos muy impresionados: ¿Quién decide que es Presidente? El anterior. ¿Quién es el anterior? El Interino. ¿Quién nombra al Interino? La Cámara. ¿Quién domina la Cámara? Vidal Sánchez. Entonces, es muy fácil. Basta con arreglar con Vidal Sánchez un interinato para Artajo, quien a su vez arreglará una elección con mayoría aplastante para un servidor de ustedes.

Otra vez hubo aplausos. Todos estuvimos de completo acuerdo y quedamos de vernos al día siguiente en el restaurante del Paraíso Terrenal, para comer juntos y decidir las medidas que tomaríamos para obligar a Vidal Sánchez a acceder a nuestras exigencias, que después de todo, estaban de acuerdo con los elevados postulados de la Revolución Mexicana.

Al llegar a este acuerdo, empezamos a sentir una gran cordialidad unos por otros; brindamos repetidas veces, nos estrechamos las manos, nos abrazamos y no faltó quien dijera un discurso. Todo era alegría en aquel aposento, cuando unos golpes perentorios en la puerta nos volvieron a la triste realidad: el Cortejo Fúnebre estaba a punto de ponerse en marcha, para depositar en su Última Morada al que fuera Jefe de Hombres.

# CAPÍTULO III

En el capítulo anterior no logré, por consideraciones meramente literarias, de ritmo y espacio, «revelar la manera en que la pérfida y caprichosa Fortuna me asestó el segundo mandoble de ese día», como había prometido en su primer párrafo, pero en este capítulo me propongo cumplir con ese cometido.

Nadie ignora el hecho de que los cortejos fúnebres se mueven con lentitud. Esta característica se agrava cuando incluyen un cuerpo de ejército. Cuando llegamos al Panteón de Dolores ya había oscurecido y una lluvia torrencial se abatía sobre la Ciudad de México.

Muchos fueron los generales que se pelearon por llevar sobre sus hombros el féretro en que reposaba su antiguo jefe, pero en vista de lo resbaladizo del terreno, se optó por usar para este fin un pelotón del 16º Batallón.

A pesar de la lluvia y de lo avanzado de la hora, Vidal Sánchez insistió en decir el discurso de despedida que llevaba preparado. Es aquel famoso que comienza: «Te nos vas de la vida, Director Preclaro... —etcétera—», que es una de las piezas de oratoria más marrulleras que conozco. ¿Cómo es posible que se haya atrevido a decirle «amigo dilecto»? Cuando el general González fue en su auxilio cuando estaba sitiado en El Nopalito, no fue por amistad, sino porque si las fuerzas de la Usurpación se hubieran apoderado de esa localidad, le hubieran cortado su única línea de abastecimiento y cuando después lo nombró sucesor en la Presidencia de la República, no fue por el cariño que le tenía, sino porque no le quedaba más remedio, ya que así lo exigían ciertas consideraciones de Alta Política. ¿Cómo es posible que haya dicho, además, «nos dejas en las tinieblas», cuando él bien sabía lo que tenía que hacer? ¿Y lo de «velaremos todos, como hermanos porque se respeten las Instituciones»? En ese momento ya había tomado la decisión de apuñalearnos por la espalda y convertir las Instituciones en el hazmerreír que son hasta la fecha. Vidal Sánchez era una hiena. Es una hiena.

Mientras escuchaba el fárrago con gran paciencia, quiso mi mala suerte que necesitara yo de los servicios de un pañuelo, que introdujera mi mano en el bolsillo de mi guerrera y que sintiera, acompañada de un estremecimiento de rabia, la ausencia de mi pistola de cacha de nácar. Mis mandíbulas se oprimieron en un *rictus* al recordar el despojo de que me había hecho víctima el taimado Macedonio Gálvez y mi espíritu se llenó de sentimientos de venganza. Estos recuerdos me llevaron a otros: el reloj de oro y Pérez H. Noté con repulsión que este último estaba allí cerca, a unos cuantos pasos de mí; con su ridícula calva, su bigote afeminado, su asquerosa papada y su cuerpo en forma de pera envuelto en un traje empapado. Si hubiera tenido la pistola, lo hubiera matado en ese instante, con lo que hubiera hecho un gran servicio a la Nación. Desgraciadamente, estaba escrito que mi suerte había de ser menos gloriosa y México más desgraciado.

Terminado el discurso, nos dispersamos y yo me perdí en la oscuridad, entre las tumbas del Panteón de Dolores. Vagué desesperado buscando la salida (no porque me dé miedo un panteón de noche, sino porque no tenía intenciones de pernoctar en tan incómodo recinto). En esas estaba cuando distinguí a lo lejos la luz de una linterna sorda. Me dirigí apresuradamente en esa dirección. Al oír mis pasos, el que llevaba la luz se detuvo y me iluminó de lleno. ¡Maldición! Cuando habló, reconocí la voz de Pérez H., el ratero.

—¡Ah! ¿Eres tú, Lupe? —me invitó cínicamente a caminar a su lado. Yo me acerqué sin decir palabra; con mi corazón presa de mil emociones contradictorias. Dimos unos cuantos pasos. Le pregunté: —¿Y el reloj?

—¿Cuál reloj?

—El que te robaste.

—Yo nunca me he robado un reloj, amigo. —Esto me lo dijo con tanta seriedad como si de veras nunca se hubiera robado un reloj.

La linterna iluminó una fosa recién cavada. No pude más. Ante la desfachatez, el cinismo y la cobardía, no pude más. Con un rápido movimiento de mis músculos bien ejercitados, empujé a mi acompañante al agujero. Y él, que toda su vida fue un abogadillo y tenía un cuerpo fláccido, se precipitó con un chapoteo en el fango asqueroso. La linterna se apagó y probablemente también se perdió. Yo me alejé a tientas, sin hacer caso de Pérez H. que gritaba estúpidamente:

—Lupe, ayúdame… ¿Por qué me empujas…? ¿Qué te traes desgraciado…? —etcétera. Con insultos que iban subiendo de tono. Lo hubiera matado de haber tenido con qué.

Este fue el segundo mandoble que me asestó la Fortuna, porque al día siguiente, la Cámara, en sesión plenaria de emergencia, nombró Presidente Interino a Pérez H.

# CAPÍTULO IV

Tardé una buena media hora en salir del panteón. Mis amigos habían partido y me vi obligado a aceptar la gentil invitación del Embajador del Japón que me condujo en su Rolls Royce hasta el Hotel Cosmopolita. Después de despedirme del amable oriental entré en el hotel, y ordené al gerente que me preparara un baño caliente y enviara a mi cuarto una botella de cognac Martell y una opípara cena, pues había decidido protegerme de un resfriado, como preparación para la lucha política que se avecinaba.

Estaba satisfecho, porque sabía que había castigado a quien tanto lo merecía y cumplido mi promesa a la señora de González. El castigo había sido fulminante y discreto. ¡Ah, pero al día siguiente me esperaban grandes sinsabores!

Dormí profundamente, después de despachar el baño, la cena y la botella y al día siguiente, como primera providencia, adquirí una Smith & Wesson, para lo que se pudiera ofrecer.

En el Paraíso Terrenal había varios salones. Felipe, el encargado del establecimiento, me condujo al que nos había sido asignado, que estaba en el primer piso. Cuando entré en este aposento, sólo estaba Artajo, que había sido el primero en llegar. Pedimos una botella del excelente mezcal de la Sierra de Guanajuato, con la intención de irlo saboreando mientras llegaban nuestros compañeros.

Artajo estaba muy satisfecho.

—Encontré un tesoro —me dijo. Era una copia certificada (hacía mucho tiempo, por cierto, porque en ese entonces nadie se hubiera atrevido a certificar semejante cosa) de un nombramiento de Coronel de Infantería expedido por la inicua Administración Huertista a nombre de un tal Vidal Sánchez, que por supuesto, no necesariamente tenía que ser el mismo... o sí, porque como ya he dicho el antes mencionado fue siempre un gran marrullero—. Este papelito puede significar mi interinato, Lupe —me dijo.

Entonces llegaron Canalejo y Augusto Corona, el Camaleón, que no se podían ver ni en pintura, pero como se habían encontrado en el Sonora-Sinaloa y habían pasado la noche tomando copas y divirtiéndose, venían muy amigables. Al saber del hallazgo del nombramiento, Canalejo se dio un golpe en la frente, como si recordara algo:

—¡Con razón, en la Batalla de Santa Rosa se me rindió cobardemente un coronel que así se llamaba!

Entonces, yo le pregunté:

—¿Pues no que tú eras de las tropas de Don Pablo? Canalejo era de Monterrey y no era probable que hubiera atravesado el país para participar en la Batalla de Santa Rosa. Además, si lo hubiera hecho, la hubiéramos perdido, porque era de fama que nunca tomó parte en una campaña que no resultara un rotundo fracaso. Por eso le decíamos el Ave Negra del Ejército Mexicano.

Pero él juró que había estado en Santa Rosa y nos dio unas explicaciones muy raras, de que se había agregado a la comitiva de Don Venustiano y no sé qué cosas. En esas estábamos, cuando llegó Juan Valdivia Ramírez con algo mucho más sensacional: su correspondencia con Vidal Sánchez, en la que éste expresaba sus dudas sobre la necesidad, la utilidad y el futuro de la Revolución. Eso sí era formidable, porque las cartas estaban firmadas y esa firma andaba hasta en los billetes de a dos pesos.

Estos tres argumentos: el nombramiento, la rendición y la correspondencia, significaban que teníamos a Vidal Sánchez en nuestras manos y ya veíamos al Gordo Artajo sentado en la Silla Presidencial en calidad de interino. ¡Qué lejos estábamos de suponer que unas horas antes, la Cámara, como una prostituta, había cedido a las bestiales exigencias del Déspota!

Fue Germán Trenza el primero en darnos una noticia medio alarmante:

—Dicen que hubo sesión en la Cámara.

Fuimos al teléfono y yo pedí comunicación con la casa de Anastasio Rodríguez, que como ya he dicho era diputado.

—Tacho no está —me dijo su señora esposa—. No vino a dormir.

Llamé a la Cámara y pregunté si había habido sesión.

—Sí, señor, hubo Sesión Plenaria de Emergencia —me contestó el conserje. Pero no hubo manera de arrancarle lo que se había decidido en ella. Ni había nadie de razón que nos pudiera informar.

Nos urgía comunicarnos con Anastasio, que era nuestro único contacto con el Poder Legislativo. Este episodio encierra una gran enseñanza: si en esa ocasión hubiéramos contado con varios amigos entre los diputados, otro gallo nos cantara. Por eso conviene no despreciarlos tanto, ya que en determinados momentos y gracias a ciertas deficiencias en la redacción de nuestra Magna Carta, llegan a tener en sus manos el destino de la Nación.

Llamé a los Baños del Harem y pregunté otra vez por Anastasio.

—Está en el Turco —me contestó Porfirio, el bañero. Al saber esta noticia, mis compañeros lanzaron algunas imprecaciones—. Dile que le llama el general José Guadalupe Arroyo. Que venga al aparato inmediatamente.

Poco después oí la voz de Anastasio, prometiéndome que en unos minutos estaría con nosotros.

—No te apures tanto, dinos qué pasó en la Cámara.

—¿Cuál Cámara?

Comprendí que todo estaba perdido. Corté la comunicación malhumorado y llamé a la redacción de *El Mundo*. No quisieron darme ninguna información.

—En este momento sale la «extra», cómprela.

Enviamos inmediatamente al asistente de Artajo a que comprara varios ejemplares. Regresamos al salón y nos sentamos alrededor de la mesa, sin hambre, sin sed y sin ganas de hablar. El entusiasmo tenido al principio, había desaparecido. Nos habían ganado la partida. Habíamos pasado varias horas planeando una batalla que ya estaba perdida. Aunque todos sabíamos esto, para mí, la llegada del periódico fue el momento más amargo de mi vida: «EL LICENCIADO EULALIO PÉREZ H., PRESIDENTE INTERINO».

Sentí que me moría. Los demás, que no sabían mi desgracia, empezaron a discutir un nuevo plan de acción.

—Vamos a matar a Vidal Sánchez antes de que termine su periodo, para que Juan sea nuestro presidente —dijo Trenza, que de todos los allí presentes, era el que más méritos tenía en campaña.

—Estamos en julio, Germán, y en diciembre toma posesión Pérez H. En cinco meses no se hace nada —dijo Juan Valdivia, que era muy sensato, realmente. Lo que sea de cada quien.

—Es mucha dificultad —dijo Artajo.

—Además, hay que tener en cuenta la opinión pública —dijo el Camaleón, que era el único que se preocupaba de estas cosas. Es por eso, quizá, que hasta la fecha sigue estando en el candelero.

—¿Qué te pasa, Lupe? —me preguntó Germán, que fue el primero que vio la cara que yo tenía.

Les conté mi desgracia: es decir, el episodio del reloj y del panteón. Entonces, hicieron algo de lo que yo nunca los hubiera creído capaces: me aconsejaron que le pidiera perdón a Pérez H.

—Yo nunca le pediré perdón a un vulgar ratero —dije con dignidad—. Además, sería poner en entredicho a la señora de González.

Ellos me explicaron que después de todo, la señora de González no era más que la viuda de un hombre ilustre; ilustre, pero muerto. Yo me impacienté mucho y no cambié en un ápice mi decisión.

Entonces, Valdivia, que había estado callado todo este tiempo, se puso de pie y dijo lo siguiente:

—Entre si son peras o son manzanas, compañeros, creo que lo único que podemos hacer por el momento, es visitar al señor Presidente de la República, general Vidal Sánchez y felicitarlo por la rapidez, la legalidad y la manera desinteresada con que ha tomado las medidas necesarias para regularizar la vida política del país.

Yo me quedé pasmado ante tanta desfachatez ¡y más todavía, cuando vi que los demás estaban de acuerdo!

Me puse de pie y dije:

—Me niego rotundamente a visitar a ese déspota.

Ellos trataron de calmarme y de hacerme ver la necesidad del acto.

—Necesitamos estar bien con él; ya después veremos cómo nos arreglamos con Pérez H.

—Yo no pienso arreglarme con Pérez H. —Agregué que ellos y yo no éramos «nosotros» en ninguna parte y que me avergonzaba de haber participado en sus reuniones.

Ellos me contestaron que si no éramos «nosotros» y me avergonzaba de participar de sus reuniones y no pensaba visitar a Vidal Sánchez, ni arreglarme con Pérez H., no tenía nada que hacer allí y que podía irme mucho a un lugar que mi refinada educación me impide mencionar en estas páginas.

Ante esta actitud tan definitiva, me levanté, me puse mi gorra y mi sobretodo reglamentarios, que estaban colgados de un perchero y salí furioso del Paraíso Terrenal.

En el Hotel Cosmopolita me esperaba otro trago amarguísimo.

Cuando llegué a la administración a pedir la llave de mi cuarto, el encargado me entregó un sobre de luto y un bultito envuelto en papel de estraza. Abrí el sobre y saqué de él una nota que decía, con letra femenina:

Estimado Don Lupe:
Aquí le mando el reloj del Finado. Lo encontré en uno de los cajones de la cómoda grande. No sé por qué lo metí allí. Salude a Matilde de mi parte.

Soledad E. de González

# CAPÍTULO V

Como es fácil de comprender, esa noche no pude dormir, a pesar de la botella de Martell que me tomé para apaciguarme un poco. En mi insomnio llegué al extremo de considerar la posibilidad de disculparme con Pérez H., y hasta preparé una explicación del triste suceso, que dejara a salvo mi honor y hasta cierto punto el de la señora de González, Doña Cholita, que después de todo era la que me había metido en el aprieto. Con esto, mis compañeros me hubieran perdonado automáticamente. Pero los planes que hice durante la noche se disiparon en la mañana, cuando se presentó en mi cuarto el capitán Pantoja, Ayudante de la Presidencia, con una cita de Vidal Sánchez para las doce del día, en el Castillo de Chapultepec. Contesté que asistiría gustoso, y mientras desayunaba en la Flor de México, llegué a la conclusión de que aunque Pérez H. no hubiera robado el reloj de marras, no por eso dejaba de merecer el castigo que yo le había impuesto, ya que toda su vida se distinguió por su conducta inmoral.

En los periódicos leí que mis compañeros habían felicitado al Presidente y que éste había dicho, entre otras cosas «que México había dejado atrás la etapa de los Caudillos…», lo cual constituía un golpe directo al Finado.

Después de comprar algunos juguetes para mi numerosa prole en el Jonuco, y algunas cosillas que me había encargado Matilde, mi mujer, abordé un forcito, que me condujo al Castillo de Chapultepec.

Vidal Sánchez me recibió en su despacho con una rapidez que me hizo sospechar alguna treta; como en efecto la había.

—No estabas entre los que vinieron a saludarme ayer, Lupe. —Me dice de tú, porque serví a sus órdenes durante la desastrosa Campaña de la Lechuga. Era un jefe despótico y un pésimo estratega.

Le dije que la razón de mi ausencia había sido un fuerte resfriado, lo cual era casi la verdad, porque si no me enfermé después de la empapada del panteón, fue por milagro.

—Yo quiero ser tu amigo, Lupe —me dijo. Textual. Y luego—: Sé que eres un hombre sincero y quiero que me digas qué opinas de Eulalio.

Con el valor civil que siempre me ha caracterizado, le dije lo siguiente:

—Ese individuo no tiene energía bastante (con otras palabras) ni es simpático, ni tiene méritos en campaña. Nunca podrá hacer unas elecciones libres.

—¿Pero quién quiere elecciones libres? —Textual.

Yo me escandalicé ante tanto descaro y le recordé los postulados sacrosantos de la Revolución. Él me contestó:

—¿Sabes a dónde nos conducirían unas elecciones libres? Al triunfo del señor Obispo. Nosotros, los revolucionarios verdaderos, los que sabemos lo que necesita este México tan querido, seguimos siendo una minoría. Necesitamos un gobierno revolucionario, no elecciones libres.

Reconozco que no supe qué contestar. Él siguió su perorata:

—Para alcanzar este fin —es decir, el gobierno revolucionario— debemos estar unidos y nadie se une en torno a una figura enérgica, como tú, como yo, como González; necesitamos alguien que no tenga amigos, ni enemigos, ni simpatías, ni planes, ni pasado, ni futuro: es decir, un verdadero fantoche. Por eso escogí a Eulalio.

Debo admitir que estuve de completo acuerdo. Cuando lo hube expresado, Vidal pasó a otro punto.

—Te mandé llamar, porque necesito de tu ayuda. ¿Puedo contar contigo?

Yo le contesté que siempre y cuando lo que iba a pedirme no lesionara mis principios de hombre moral y mi integridad de militar revolucionario y mexicano.

—Cenón Hurtado no me da ninguna confianza, sospecho que está en combinación con los cristeros. —El general de división Cenón Hurtado era el Jefe de la Zona Militar de Vieyra y no era de confianza, pero no podía estar en combinación con los cristeros, porque en Vieyra no había cristeros. Vidal Sánchez prosiguió: —¿Te interesaría encargarte de su puesto?

Yo contesté que sí, inmediatamente.

—Yo arreglaré con Melitón tu nombramiento. —Melitón Anguiano era el Ministro de Guerra y Marina, otro fantoche.

Así que ese día salí del Castillo de Chapultepec investido de un cargo que era superior a mi graduación y como iba a verse más tarde, a mis fuerzas. Poco después me enteré de que mis antiguos compañeros y ahora enemigos, que tenían mando de tropas, es decir, Germán Trenza, Artajo, Canalejo y el Camaleón habían sido destituidos o trasladados al otro extremo del país: Artajo a Chiapas, en donde no había tropas, Trenza a Quintana Roo, en donde no había ni gente, Canalejo a Puruándiro, en donde no conocía a nadie y el Camaleón a Pochutla en donde los habitantes mataban a montones. Sólo quedaron en sus puestos Anastasio y Juan Valdivia. ¿Y de qué sirven un diputado y un Ministro de Gobernación sin tropas?

Eso fue lo que ganaron por andar felicitando a quien no debían «por su atingente labor» y todo eso.

Una semana después llegó a Vieyra, junto con la notificación de mi ascenso a general de brigada, el nombramiento de Jefe de la Zona Militar de Vieyra, que me valió la enemistad absoluta y perpetua de Cenón Hurtado, con el que tantas dificultades había yo de tener en el futuro.

La razón de estas dificultades fue que, contra lo que se acostumbra hacer en esos casos, que es mandar al Jefe destituido lo más lejos posible del teatro de sus antiguas operaciones, dejaron a Cenón a mis órdenes y me «recomendaron» que lo nombrara Jefe del Estado Mayor de la Zona. Este nombramiento me costó después lágrimas de sangre.

Durante los tres primeros meses de mi gestión (que yo contaba que duraría tan sólo cinco, puesto que sabía que apenas tomara posesión Pérez H. me destituiría de la manera más humillante posible), todo salió a pedir de boca: ordené que se pintara el cuartel del 26° Batallón, destituí al mayor Bermúdez por sus malos manejos y corrí a las soldaderas que habían convertido en un verdadero mercado al Cuartel de Las Puchas. Después de esto ocurrió «El Caso Pereira», que me valió el calificativo de «sanguinario» en *El Sol de Vieyra*, y que voy a narrar aquí, para que se vea si tuve razón o no de actuar como lo hice.

Todo comenzó con un telegrama de Melitón Anguiano que decía así: «Tengo informes de que en Vieyra está imprimiéndose la propaganda católica. Colabore con el Ministerio Público y *tome las medidas que considere pertinentes*». Pues bien, las investigaciones llevadas a cabo por Don Ramón Gutiérrez, que era el jefe de la Policía Secreta, indicaron que la propaganda católica se imprimía en los Talleres Gráficos del Estado y se almacenaba en la bodega de una tienda de abarrotes llamada El Puerto de Vigo, que era propiedad de Don Agustín Pereira, un español. Con una compañía de infantería, hicimos varias aprehensiones en los talleres y habiendo dejado a los detenidos a buen recaudo, me dirigí en mi automóvil, con Don Ramón y un asistente, al Puerto de Vigo que estaba rodeado por otra compañía de infantería. Cuando llegamos a las cercanías del lugar, vino el capitán Zarazúa a decirme que el propietario de la tienda no los dejaba entrar en la bodega porque no llevaban orden de allanamiento. En efecto, se nos había olvidado recabarla del Juez.

—Dígale al propietario que aquí está el Jefe de la Zona Militar. Que tenemos que investigar en su bodega.

Fue Zarazúa a cumplir mis órdenes y regresó poco después a decirme que Don Agustín Pereira se había expresado despectivamente de mi investidura. Bastante alterado, debo confesarlo, bajé del automóvil y entré en la tienda.

—Repítame lo que le dijo al capitán, si es tan valiente —le ordené.

Don Agustín Pereira estaba enloquecido, echando espumarajos por la boca. En vez de repetirme lo que le había dicho al capitán, tomó una longaniza y me la arrojó a la cara. El capitán Zarazúa sacó la pistola, por lo que pudiera ofrecerse, pero yo no. Lo único que hice fue conminar perentoriamente al alienado hispano, que, en vez de obedecerme, empujó una enorme jarra de vidrio repleta de chiles en vinagre que estaba sobre el mostrador, haciéndola volcarse, despedazarse en el piso y bañarnos con sus contenidos a Don Ramón, al capitán y a mí. Mis soldados lo aprehendieron inmediatamente. El hombre había ido demasiado lejos. Ordené que se le hiciera un juicio sumario y que se le pasara por las armas. La orden fue cumplida al pie de la letra.

Si Don Agustín Pereira hubiera sido mexicano, nadie hubiera dicho nada, pero como era español, se armó un escándalo terrible, a pesar de que después encontramos, en efecto, la propaganda de marras, que había sido impresa en papel que era propiedad del Estado, con tinta del Estado y en las prensas del Estado.

Los periódicos me insultaron todo lo que quisieron y si no hubiera sido por el apoyo de Vidal Sánchez, hubiera perdido el puesto.

Pasó la tormenta. El día primero de diciembre, Pérez H. tomó posesión de la Presidencia de la República. Yo tenía preparada mi renuncia y la mandé, porque no quería estar en boca de nadie. El día tres de diciembre los periódicos informaron la composición del nuevo gabinete: Vidal Sánchez era Ministro de Guerra y Marina. Mi renuncia no fue aceptada.

# CAPÍTULO VI

Fue entonces cuando empezó mi segunda racha de des-
venturas y se descubrió que si bien Melitón Anguiano
había sido un fantoche y Pérez H. era un fantoche, yo
también era un fantoche. Todos manejados, por supuesto, por el despótico y marrullero Vidal Sánchez.

La Zona Militar de Vieyra, que desde hacía muchos
años había sido un modelo de calma, gracias, entre otras
cosas, a la mano de hierro que habíamos tenido los
que en ella operábamos, se convirtió de pronto en un
verdadero infierno. Los cristeros que, como ya dije con
anterioridad, no existían en Vieyra, empezaron a entrar,
provenientes de los cuatro Estados limítrofes. ¿A qué se
debió este fenómeno? A las operaciones simultáneas,
aunque no combinadas, que habían llevado a cabo mis
colegas de la vecindad y de las cuales *no se me había noti-
ficado nada.*

Al ver mi patria chica infestada de fanáticos rufianes, preparé, ni tardo ni perezoso, en combinación con mi Estado Mayor, formado por Cenón Hurtado y los capitanes Benítez y Fuentes, un plan de acción para aniquilarlos. La ejecución de la primera parte de este plan, que consistía en una serie de movimientos preliminares (ataques y retiradas, etcétera), salió a pedir de boca, y logramos concentrar a los insurrectos en la región de San Mateo Milpalta. La segunda parte del plan consistía en efectuar un ataque frontal con nuestros dos batallones de infantería y un movimiento envolvente con los tres regimientos de caballería. Con esta operación, pensábamos copar y aniquilar al enemigo. Ahora bien, la ejecución de este plan requería la participación de hasta el último de nuestros hombres e implicaba desguarnecer por completo el resto del Estado. Telegrafié a México pidiendo refuerzos y Vidal Sánchez me contestó en los siguientes términos: «*Hostilice y bata al enemigo*».

Esta orden era muy clara respecto a lo que yo debería hacer, pero en cambio, era muy oscura respecto a lo que él pensaba hacer. Es decir, de si mandarme o no mandarme los refuerzos que yo le había pedido. Por el momento la interpreté como una orden de ponerme en marcha y un aviso de que él se encargaría de lo demás; es decir, de protegerme la retaguardia.

Dejando la capital del Estado con una guarnición de dieciséis gendarmes y cuatro soldados enfermos, al mando de Don Ramón Gutiérrez, me puse en movimiento con todos mis efectivos, rumbo a San Mateo Milpalta, que estaba a dos días de marcha. Como no contábamos con equipo de transmisiones, decidimos no establecer cuartel general y al llegar al Huarache, nos separamos en dos columnas: Cenón tomó el mando de la infantería y yo el de la caballería, quedando de acuerdo en que él comenzaría su ataque frontal el fatídico 18 de enero de 1929 a las ocho de la mañana, hora y fecha en que yo debería tener tomadas posiciones en las alturas que dominan la Cañada de los Compadres, por donde creíamos que se retiraría el enemigo.

Después de un día de marchas forzadas, llegamos al lugar previsto y tomamos posiciones, dejando un regimiento de reserva, para efectuar una persecución en caso de que algunos escaparan por otra parte.

Cuando amaneció el 18, ordené a mis hombres que tomaran sus puestos de combate y cuando todo estaba preparado para aniquilar a los cristeros, llegaron, en vez de éstos, el capitán Fuentes, que estaba agregado a las fuerzas de Cenón Hurtado y Don Ramón Gutiérrez, para avisarme que una gavilla de cristeros había entrado en Vieyra como Pedro por su casa y se había apoderado nada menos que del Señor Gobernador, don Virgilio Gómez Urquiza.

Lancé una imprecación. Mi campaña más brillante se fue, como se dice muy vulgarmente, a las heces fecales, por culpa de Vidal Sánchez, que no protegió mi retaguardia.

Tuvimos que entrar en parlamentos con los desgraciados cristeros, que eran unos ignorantes del arte de la guerra y que sin embargo tenían el sartén por el mango. Afortunadamente, entre Cenón y yo teníamos en una trampa a más de cuatrocientos de ellos. Los trocamos por el Señor Gobernador y se fueron al Estado de Apapátaro a darle guerra a Vardomiano Chávez que era el Jefe de la Zona Militar de allí.

Tuve que ir a México a defenderme, a explicarle mi actuación a Vidal Sánchez, que era culpable de que hubiera sido un fracaso. Me iban a formar Consejo de Guerra, pero él se opuso, por supuesto, porque sabía que yo iba a sacarle los trapitos al sol.

Don Virgilio, el Gobernador, estaba muy bravo, protestando por mi inexperiencia, pero Vidal lo mandó llamar y le calló la boca. Yo me arrepentí de no haber llevado a cabo mi operación como estaba planeada y dejado que los cristeros hicieran con él lo que les hubiera dado la gana. Al fin y al cabo, fue el Gobernador más incompetente que haya tenido Vieyra, que de por sí ha sido un Estado mártir de sus gobernantes. Presenté mi renuncia, como se acostumbra en esos casos, que fue rechazada por segunda vez; regresé a Vieyra y se le echó tierra al asunto.

# CAPÍTULO VII

Esto, como ya he dicho, ocurrió en enero y febrero de 1929. En marzo y previa convocatoria de Pérez H. comenzó la lucha electoral.

El primer bombazo fue la publicación del Testamento Político de González (hasta después se descubrió que era apócrifo), que llevó a mis antiguos compañeros y entonces enemigos a una muy buena situación; especialmente a Juan Valdivia.

El texto de este documento no viene al caso, pero sus consecuencias fueron las siguientes: Juan Valdivia renunció al Ministerio de Gobernación y la Cámara lo habilitó especialmente como Candidato a la Presidencia de la República. Artajo regresó a la Zona Militar de Sonora, Trenza a la de Tamaulipas, Canalejo fue nombrado Comandante de la Plaza de Monterrey y el Camaleón pasó a Irapuato con el cargo de Jefe de Operaciones.

Como quien dice, eran dueños del Norte del país y de los ferrocarriles.

Para apoyar la candidatura de Juan Valdivia, se formaron dos partidos: el PRIR (Partido Reivindicador de los Ideales Revolucionarios), presidido por el Gordo Artajo y el PIIPR (Partido de Intelectuales Indefensos Pero Revolucionarios), presidido por el famoso escritor y licenciado (y también general de división) Giovanni Pittorelli, que a pesar de su nombre, era mexicano por los cuatro costados.

Así estaban las cosas. Yo no pensaba participar en la lucha política, porque después de todo, ya bastantes dificultades había tenido en los últimos meses. Pero en esos días recibí una circular, que me haría cambiar mi decisión. Decía así: «Preséntese en esta Capital para participar en la Reunión de Jefes de Zona Militar, que se llevará a cabo los días (aquí decía la fecha), con objeto de fijar las directivas de las operaciones militares durante las próximas elecciones». Estaba firmada por Vidal Sánchez. Hice por enésima vez el viaje a la Capital de la República, sin darme cuenta de que, como todos los anteriores, sería otro paso en mi acelerada trayectoria hacia la catástrofe.

Al llegar a la Estación Colonia me di cuenta, con no poca sorpresa, de que Artajo y Germán Trenza estaban esperándome en el andén. Aunque por un momento pretendí no reconocerlos, ellos abrieron los brazos y entonces comprendí que el compañerismo puede más que ninguna de las bajas pasiones que se agitan en el pecho de los militares. Nos abrazamos efusivamente, completamente reconciliados.

El asistente de Artajo se encargó de llevar mi equipaje al Hotel Cosmopolita y nosotros abordamos el Packard de Trenza y nos dirigimos a La Opera (la cantina que así se llama), «para cambiar impresiones», dijeron ellos.

Debí habérmelo esperado. Vieyra era una zona militar lo bastante importante como para que yo me volviera un partidario apetitoso. Querían que yo entrara en el PRIR.

—Pero Juan Valdivia no es un personaje popular —les dije.

—Precisamente por eso necesita el apoyo del Ejército —me contestaron. Con mucha razón.

El único otro candidato que se perfilaba era Don Gregorio Meléndez, un ingeniero.

—Un ingeniero nunca ganará unas elecciones en México —me dijo Trenza—. Acuérdate de lo que pasó con Bonilla.

Todos sabemos lo que pasó con Bonilla. Por eso acepté.

—Cuenten conmigo —les dije.

Nos abrazamos para sellar el pacto; pero yo no estaba borracho, como insinuó Artajo en sus *Memorias*.

—La función del Instituto Armado consiste en velar por el cumplimiento de la voluntad de los ciudadanos, y en garantizar la libre expresión de la misma —nos dijo Vidal Sánchez muy serio, en la Reunión famosa, contradiciendo todo lo que me había dicho de «¿quién quiere elecciones libres?» y todo eso—. Es por esto que desde ahora queda terminantemente prohibido a todos los militares con mando de fuerzas, el pertenecer a cualquier partido político.

Todos nos quedamos callados. Estábamos en una mesa larga y él en la cabecera. Nadie se atrevía a expresar sus opiniones delante de otros treinta colegas.

—Esto que estoy diciendo no es una orden —siempre era lo mismo: decía «queda terminantemente prohibido», y después «no es una orden»—, sino una consulta. ¿Puedo contar con la colaboración de ustedes?

Todos contestamos que sí, por supuesto. Después nos fuimos a casa de Juan Valdivia, para ver cómo le dábamos la vuelta a nuestra promesa. Más valía perder el prestigio del Partido que las Jefaturas de Zona. La solución era muy fácil: bastaba con nombrar Presidente del PRIR al elocuente Horacio Flores, un diputadillo, y nosotros concretarnos a apoyarlo de trasmano. De esta manera, el Partido contaría, en apariencia, con dos oradores admirables (Horacio y Juan Valdivia) y en la realidad, con veinte mil hombres perfectamente armados y equipados. En la conversación, Juan Valdivia me prometió el Ministerio de Comunicaciones y Obras Públicas. Artajo se quedaría en Guerra y Marina, y Trenza en Gobernación.

Después de tan trascendentales conclusiones, regresé a Vieyra lleno de optimismo. Organizamos una delegación del Partido por medio de Filemón Gutiérrez, que era un muchacho muy hábil (hijo de Don Ramón, por cierto) y con los fondos proporcionados por un rico hacendado que le tenía ganas a la gubernatura del Estado, hicimos una gigantesca manifestación para celebrar la llegada de nuestro candidato, que andaba en su gira política.

Juan Valdivia llegó a Vieyra el 23 de abril y en la estación echó un discurso elocuentísimo, prometiéndoles a todos sus simpatizadores Reforma Agraria y Persecución Religiosa, lo que nos costó perder el apoyo del antes mencionado hacendado. El populacho, en cambio, que habíamos llevado allí con muchos trabajos, pagándoles a dos pesos por cabeza, se mostró encantado y casi tuvimos un motín cuando Juan dijo: «Todavía quedan muchas alhóndigas por quemar». Afortunadamente, y gracias a la enérgica intervención de Zarazúa con sus fusileros, las cosas no llegaron a mayores. Lo de las alhóndigas, huelga decirlo, era una alusión a lo que sucedió en la de Granaditas en el 810.

—Procura no ser tan radical en tus discursos, Juan —le dije durante el banquete que le ofreció la Unión de Cosecheros en el Casino de Vieyra. Y él me obedeció, comprendiendo la sensatez del consejo que yo le daba.

Al final del banquete dijo otro discurso, en el que prometió Créditos y Seguridad en el Campo, que le valió una estruendosa ovación de los allí presentes. Juan era un candidato perfecto, tenía una promesa para cada gente y nunca lo oí repetirse... ni lo vi cumplir ninguna, por cierto.

En esos días, precisamente, mientras Juan andaba en el Estado visitando pueblos, recibí de Guerra la notificación siguiente:

«Se hace del conocimiento de todos los Jefes, Oficiales y Tropa del Ejército Nacional, que el Ciudadano General de División Melitón Anguiano se hará cargo de esta Dependencia, en sustitución del Ciudadano General de División Vidal Sánchez, que renuncia a su cargo para dedicarse a la actividad política».

La noticia fue un mazazo para mí: no sólo quedaba en veremos otra vez mi puesto, porque había que renunciar, como se acostumbraba en esos casos, sino que había que contar en el campo político con un posible contrincante mucho más temible que Gregorio Meléndez.

Inmediatamente me dirigí al Hotel Francés, en donde se hospedaba Juan Valdivia durante su gira por el Estado.

—No puede lanzar su candidatura —me dijo Juan muy perplejo, cuando le di la noticia—. Sería anticonstitucional.

Yo no hallaba qué hacer: si mandar mi renuncia, o esperar a que me la pidieran.

—Deja que averigüemos cómo están las cosas —me dijo Juan, con mucha razón—. En una de ésas te la aceptan ¿y qué hacemos después?

Al día siguiente llegó Horacio Flores en el tren del mediodía, con una noticia sensacional: Vidal Sánchez quería hablar con ellos dos. Juan Valdivia dio por terminada la gira, que apenas había comenzado, y regresó a México a parlamentar.

Yo, que seguía sin saber qué hacer de mi renuncia, consulté telegráficamente con Germán Trenza, que me contestó en estos u otros términos semejantes: «No renuncies, déjalos que nos corran si se atreven». Seguí su consejo, porque comprendí que tenía razón. No se atrevieron a corrernos.

# CAPÍTULO VIII

Así estaba la situación política nacional, cuando una mañana fui a cazar liebres a la cañada del Garambuyo, en compañía del capitán Benítez, que era un excelente tirador. En ésas andábamos, cuando vimos a tres de a caballo que venían del cerro del Meco, es decir, como quien va de Vieyra al Garambuyo.

—Uno de ellos es Trinidad —me dijo Benítez. Trinidad era mi asistente. Los otros dos venían de civil, pero con sombrero tejano, así que debían ser militares.

Cuando se acercaron vimos que eran Germán Trenza y Anastasio Rodríguez. Traían unas caras largas, pero no estaban de mal humor, así que no supe si las noticias iban a ser buenas o malas.

Nos fuimos a hablar abajo de unos pirules, lejos de Trinidad y Benítez.

—Vidal quiere formar un Partido Único —me dijo Trenza. La noticia no me fulminó, porque no sabía yo lo que esto iba a significar.

—¿Cómo es eso? —les pregunté.

Me explicaron que Vidal Sánchez quería unificar a los revolucionarios y que para esto, había fundido en un solo partido al PUC, al FUC, al MUC, al POP, al MFRU, al CRPT y al SPQR y ahora buscaba el apoyo del PRIR y del PIIPR. Recordé aquello que me había dicho: «Los revolucionarios seguimos siendo una minoría… tenemos que unirnos…, etcétera…, etcétera».

—¿Y nosotros qué ganamos? —pregunté.

—La Presidencia —me contestó Anastasio. Parece que el candidato del PU será Juan Valdivia.

—Si el PU se decide por Juan, Meléndez se retira —dijo Trenza.

Como quien dice, Juan Valdivia ya estaba en el trono.

—Tenemos las elecciones en la bolsa —dijo Anastasio.

—Sí, pero entre ochocientos —les dije yo, y tenía razón. Cuando viniera la repartición de puestos no iban a alcanzar para recompensar a un partido tan numeroso.

—Por eso vinimos —me dijo Germán—. Queremos saber cuál es tu opinión, para ponerle nuestras condiciones a Vidal. Tenemos un buen candidato, la campaña va bien, y además contamos con más de la mitad del Ejército.

Yo monté en el caballo de Trinidad y emprendimos el regreso a Vieyra, dejando que aquél y Benítez lo hicieran a pie.

—¿Y a mí qué me toca? —les pregunté.

—¿Qué quieres? —dijo Germán.

—Comunicaciones, como ya habíamos quedado.

—Es un Ministerio muy peleado —me dijo Germán.

—Habrá que eliminar gente, entonces —repuse.

—Eso mismo digo yo —dijo Trenza, con todo y que a él le habían respetado Gobernación.

Entonces, yo me volví a Anastasio, que como ya he dicho, era muy callado, y le pregunté:

—¿Y a ti qué te tocó?

Él se quitó el sombrero y se rascó la cabeza, y me explicó que le habían prometido hacer todo lo posible porque saliera electo Presidente Municipal de Ciudad Gárrulo Cueto, que era su tierra natal. Yo me indigné.

—¿Cómo es posible que después de tantos años de lucha abnegada te den de recompensa la Presidencia Municipal de un pueblo rabón? —Anastasio era el Vencedor de Zapopan. Había ganado la batalla contra el Tuerto, que tenía fuerzas muy superiores y ahora lo tenían relegado a segundo término, nomás porque no era parlanchín—. Protesta —le dije—. Si no lo haces por ti, hazlo por el honor del Ejército. —Así lo pensaba yo. Él no me contestó nada.

Caminamos un rato en silencio, al cabo del cual, dije el fruto de mis reflexiones:

—Este Partido Único no me gusta nada.

—A mí tampoco —dijo Trenza—. Pero es demasiado grande para ir en contra de él. —En esto tenía mucha razón.

Entonces, se nos presentó la solución del problema con gran claridad: si hay una aplanadora, más vale estar encima que abajo de ella.

—Lo único que nos queda, Lupe —me dijo Germán, que estaba pensando lo mismo que yo—, es apoderarnos del famoso Partido Único.

A todo esto, habíamos llegado a la casa estilo morisco que yo había construido en Vieyra. Matilde, espejo de mujer mexicana, estaba en el portal esperándonos. Después de que ellos la saludaron con gran afecto, pasamos a mi despacho.

—Yo quiero ser ministro —les advertí cuando nos hubimos sentado—. De lo que sea, pero ministro. —Porque comprendí que éste era el momento de ponerme las botas. «Ahora o nunca», dije para mis adentros.

Germán estaba de acuerdo conmigo en que teníamos que ser exigentes. Estuvimos discutiendo bastante rato y llegamos a las siguientes conclusiones: Para abrir boca nos dejaríamos ir sobre Vidal Sánchez, pidiéndole tres Ministerios, incluyendo el de Guerra, seis zonas militares y ocho gubernaturas. Él podía quedarse con la Cámara y el Cuerpo Diplomático y todas esas tonterías que tanto le interesaban, para repartirlas entre sus fantoches. Si aceptaba la petición, santo y muy bueno. En el caso contrario, es decir, en el caso de que nos regateara, nosotros podíamos transar por menos… «en principio», y después llevaríamos a cabo la siguiente maniobra: por medio de Maximiliano Cepeda que era un individuo ruin y sin escrúpulos, desprovisto de toda virtud cívica y hasta varonil, y que, sin embargo, gozaba de un gran prestigio de luchador incansable e íntegro, pensábamos formar de trasmano un Partido Villano, que tendría la función de lanzar la candidatura del Chícharo Hernández, que era, como quien dice, el Padre de la Política Obrera. Los partidos socialistas, es decir, el MFRU, el CRPT y el SPQR, se verían obligados a salir del PU para apoyarla y de esta manera, quedarían automáticamente eliminados, porque huelga decir que el Chícharo Hernández no tenía la menor probabilidad de salir electo presidente, ya que contaba con el veto tácito de los Estados Unidos por su actitud radical.

Después pedimos la comunicación con México y cuando nos la dieron, le explicamos a Juan Valdivia, por teléfono, las conclusiones a que habíamos llegado. Él estuvo de acuerdo y le pareció que habíamos tenido una idea magnífica.

—Ahora mismo voy a proponerlo a Vidal —me dijo, y colgó el teléfono.

Nosotros nos fuimos al Casino y cuando estábamos pidiendo la comida, vino el Lagarto, que era el encargado, a avisarme que había un telefonema para mí, de larga distancia. Los tres nos levantamos de la mesa y corrimos al lugar en donde se encontraba el aparato.

Era Juan otra vez.

—No entiendo qué pasa —me dijo—. Aceptó todas nuestras condiciones.

Debió darnos mala espina tanta facilidad, pero por lo pronto, lo único que hicimos fue ponernos muy contentos. Nunca se nos ocurrió que si nosotros habíamos pasado dos horas pensando cómo eliminar gente, Vidal Sánchez llevaba seis meses en las mismas.

Esa noche la pasamos en casa de Doña Aurora Carrasco, en sano esparcimiento.

# CAPÍTULO IX

Había un «acuerdo secreto» entre los partidos que iban a unirse: consistía en que cada cual llevaría a cabo su campaña como si nada hubiera pasado, hasta el 25 de julio, en que iba a declararse oficialmente fundado el Partido Único. Después de esto, Gregorio Meléndez retiraría su candidatura y se conformaría con ser Ministro de Hacienda en el Gabinete de Juan Valdivia. Esto, como ya he dicho, era el «acuerdo secreto».

La campaña de Valdivia se llevó a cabo sin ningún tropiezo, y con tanto éxito, que llegamos a arrepentirnos de haber entrado en contubernio con tanta gente inicua y tan mala revolucionaria. En Sayula, «las fuerzas vivas», pagadas a precio de oro por Macario Rosas, habían desenganchado el vagón en que viajaba nuestro candidato y lo habían empujado tres kilómetros hasta la estación; en Guateque, su discurso sobre Política Agraria conmovió tanto a los manifestantes, que acabaron linchando a un rico hacendado de la región; en Las Mangas, Coah., se armó una balacera que hizo indispensable la intervención de las fuerzas federales. En Monterrey, en cambio, dijo un discurso tan reaccionario y conservador ante el Club de Industriales, que Vidal Sánchez tuvo que llamarle la atención. Por su culpa asesinaron en Tabasco a dos individuos de quienes se sospechaba, infundadamente, por cierto, que eran sacerdotes católicos, mientras que en Moroleón, en donde dijo un discurso catolizante, lincharon a un pastor metodista. En fin, aunque la cosa tuvo sus altas y sus bajas, hay que reconocer que los resultados generales fueron más que satisfactorios.

Meléndez, en cambio, aunque contaba con la Vendida Prensa Metropolitana, no causaba entusiasmo en ninguna parte.

De común acuerdo y para «tantear los sentimientos de Melitón», como dijo el Gordo Artajo, decidimos que los tres Jefes de Zona, es decir, él (Artajo), Trenza y yo, pediríamos una dotación extra de tres mil cartuchos por soldado, para efectuar «algunas operaciones de limpia».

Yo estaba seguro de que no me los iban a conceder. En parte, porque en mi zona no había nada que limpiar y en parte, también, porque me daba cuenta de que si esto llegaba a sus oídos, Pérez H., con el que afortunadamente no había tenido que cruzarme todavía, iba a poner el grito en el cielo. ¡Cuál no sería mi sorpresa cuando recibí, con gran premura, los cinco millones de cartuchos de marras!

Yo no quería creer en tan buena fortuna y llegué a sospechar que probablemente serían defectuosos, pero estuve probándolos con el capitán Benítez y resultaron magníficos. Fabricación nacional, pero magníficos. Era una prueba de buena fe, que por lo inútil, debió hacerme sospechar.

Así pasaban los meses, sin el menor contratiempo,

hasta llegar a julio. Para entusiasmar más a sus partidarios y para atar los cabos que pudieran quedar sueltos antes de la fusión de los partidos, Juan Valdivia decidió rematar su campaña con un elegante banquete al que asistirían todas las personalidades políticas, sociales, económicas, diplomáticas y militares del país.

Como sitio de este importante evento, escogió su elegante mansión de Cuernavaca y como fecha el fatídico 23 de julio de 1929.

—Vengan todos —nos dijo—, es necesario que vean nuestra fuerza.

Y todos fuimos, consumando así una de las «metidas de pata» más notables de la Historia Política de México.

La casa, construida con dinero de procedencia desconocida, era del más puro estilo andaluz. Nadie supo nunca cuántas habitaciones tenía, pero eran muchas; tenía un patio con una fuente (copia de la de Don Quijote, en Chapultepec), unas pérgolas, un enorme jardín; alberca y un baño ruso capaz de dar cabida a setenta personas.

Nosotros, es decir, mis compañeros y yo, llegamos desde la noche anterior, con el objeto de ponernos de acuerdo en algunos puntos de nuestro programa del día siguiente. Yo hice el viaje desde México en el Packard que Germán Trenza manejaba con tanta destreza.

Los preparativos estaban en su apogeo. Una compañía de zapadores que Juan le había pedido a Sirenio Márquez, que era el Jefe de la Zona, su compadre y un gran traidor, como se verá después, estaba destrozando en esos momentos la rosaleda para formar un foro para la Danza de los Viejitos. En el interior de la casa había un gran tumulto: escaleras por todos lados, un ir y venir de muebles y un entrar y salir de comestibles. Clarita, la esposa de Juan, que estaba dirigiendo todo este movimiento en el *hall*, nos dijo que su marido estaba jugando billar. Mientras nuestros asistentes subían el equipaje a los cuartos que nos habían sido asignados, nosotros nos dirigimos a la sala de billar, que era uno como sótano.

Juan estaba jugando carambolas con el Gordo Artajo, que era pésimo. Cuando entramos, dejaron los tacos a un lado y pusieron cara de circunstancias.

—Vamos a tener que pedirte un gran sacrificio, Lupe —me dijo Artajo.

Yo no entendí qué querían, pero les pedí que se explicaran.

—Díselo tú —le dijo el Gordo a Valdivia y éste le contestó, «no, díselo tú», y así estuvieron un rato.

—Se trata de tu enemistad con Pérez H. —dijo por fin Valdivia.

—Otra vez la burra al trigo —dije yo, porque ya sabía de qué se trataba. Él, Valdivia, me explicó con muchos argumentos, que por «la seguridad del Partido», era necesario contar con el apoyo del Presidente Interino y que para conseguirlo, se necesitaba que yo hiciera las paces con él—. Primero muerto que reconciliado con ese ratero —dije. A nadie le había dicho que el asunto del reloj se había aclarado de otra manera y que el antes mencionado reloj estaba en mi bolsa. Dije lo de ratero, porque Eulalio Pérez H. era un ratero.

—Hazlo por la Revolución —me pidió el Gordo Artajo y luego, como profecía, agregó—: No nos vayan a dar un susto.

Yo me volví a Germán Trenza en espera de su ayuda, pero éste estaba de acuerdo con ellos.

—Sería un crimen que por no hacer un esfuerzo, vayamos después a tener dificultades.

Me dijeron que todo iba tan bien, que íbamos a quedar tan bien parados, etcétera, etcétera, tanto insistieron que tuve que acceder.

—Ve a su casa y arréglate con él —me pidió Artajo. Pérez H. tenía una casa en Cuernavaca en donde pasaba los fines de semana—. Él debe estar aquí desde el mediodía.

Entonces yo les expliqué que sí, estaba bien, yo me reconciliaría con Eulalio, ¿pero cómo?, ¿qué iba yo a decirle para reconciliarme?

Esto fue lo que estuvimos discutiendo hasta las dos de la mañana. Para esa hora ya habían llegado el Camaleón, Anastasio y Canalejo. El Camaleón era un experto en pedir disculpas.

—Hazte el desentendido. Dile que lo confundiste con el diputado Medronio, que te debía una (no le expliques cuál), y que después te enteraste de que Medronio había salido tan campante del panteón. Que te acordaste de la voz y que se te ocurrió que probablemente él había sido el que había pagado el pato, que te duele en el alma, que estás apenadísimo y todo eso.

No me pareció tan mala esta explicación, que dejaba a salvo mi honor, y también el de Pérez H. Les prometí que antes de doce horas, estaría yo reconciliado con el Presidente Interino.

Después estuvimos discutiendo lo que cada quien iba a decir y hacer al día siguiente y luego nuestro programa político, que consistía en una campaña de difamación de los partidos socialistas. El plan que habíamos preparado Germán, Anastasio y yo, de Maximiliano Cepeda, el Partido Villano y la Candidatura de Chícharo Hernández, quedó aprobado por unanimidad. En estas estábamos, cuando nos amaneció.

Me acosté un rato a descansar, pero no pude conciliar el sueño, porque cuando se me estaban cerrando los ojos, empezó el barullo de los zapadores, que hacían no sé qué reparaciones.

A las nueve me levanté. Tomé un baño, me puse un elegante *palm beach*, me coloqué la Smith & Wesson en el sobaco, y bajé a desayunar.

Para estas horas, la rosaleda estaba completamente destrozada y el foro listo, el humo de quince barbacoas inundaba la casa y hacía el aire irrespirable. Entré en la cocina, en donde Clarita, la esposa de Valdivia, ayudada por una docena de criadas, estaba preparando el mole para los doscientos cincuenta invitados. El polvo de los siete chiles, mezclado con el humo de las barbacoas, me provocó un violento ataque de tos. Cuando me hube repuesto, Clarita, que siempre fue una perfecta ama de casa, me saludó y me condujo hasta una mesa en donde estaba Augusto Corona, el Camaleón, comiendo unos chicharrones en salsa verde, mientras su asistente le daba brillo a sus botas. Clarita quitó un lechón de una silla y me invitó a sentarme. Yo le supliqué que me preparara un chocolate.

—¿No te extraña que Pittorelli no haya llegado a Cuernavaca todavía? —me preguntó el Camaleón. Se suponía que teníamos que ver a este personaje para hacer un plan de conjunto, porque era el jefe del otro partido «valdivista».

—Me dijo que pasaría la noche en el Hotel Vistahermosa.

Este fue otro de los portentos que debieron ponernos sobre aviso.

Después del desayuno salimos a dar un paseo por el jardín de la casa, en donde encontramos a Juan Valdivia, de guayabera, que estaba memorizando su discurso.

—«...Ha llegado la hora en que la Patria...» —decía levantando la mano con gesto elocuente. Lo dejamos a solas con su retórica.

En la alberca estaban Anastasio, que era el único deportista, en traje de baño, y Horacio Flores, el orador, que acababa de llegar de México.

—Hay tropas en la carretera —nos dijo éste.

Por mi mente pasó, como una exhalación, la imagen del malogrado general Serrano, que apenas dos años antes había sido fusilado en esa misma carretera, cuando precisamente más seguro se sentía de llegar a la Presidencia de la República.

—Es natural —dijo Canalejo, que en ese momento se reunió con nosotros—, de alguna manera tienen que proteger a tanta gente importante que viene al banquete.

—¿De qué corporaciones eran? —le preguntó a Horacio el Camaleón, que no estaba muy convencido con lo que decía Canalejo.

Desgraciadamente Horacio, que no era militar, no sabía ni de qué le hablaban.

—Esos numeritos que llevan aquí en el cuello —le explicamos, pero de nada sirvió, porque no se había fijado.

Después, se nos olvidó el problema y estuvimos hablando de otras cosas. Cuando dieron las once, me despedí de ellos y calándome mi Stetson, fui a cumplir mi desagradable misión.

Juan me prestó su Studebaker, y manejándolo con bastante dificultad, porque no conocía ni el automóvil, ni el rumbo, llegué a la Quinta María Elena, que era la propiedad de Pérez H. Era una casa enorme, rodeada de bardas de piedra. Al llegar al portón, detuve el automóvil, bajé de él y llamé. Se oyó un griterío llamando al «cabo de guardia» y cuando éste abrió la rejilla, resultó ser afortunadamente nada menos que el Patotas, que había servido a mis órdenes durante muchos años. Nos saludamos muy amablemente, luego le pregunté por Pérez H.

—El señor Presidente no ha venido, ni nadie de su comitiva. La casa está vacía por primera vez en todo el año.

Entonces comprendí que andaba la perra suelta. Me despedí apresuradamente, monté en el coche y regresé a casa de Juan como alma que lleva el diablo.

Los zapadores se habían ido ya.

—Estamos en una trampa, muchachos —les dije—, como la que le pusieron a Serrano.

Todos se alarmaron muchísimo como es natural. El Camaleón intervino:

—Si nos van a… —aquí dijo una palabra que no puedo repetir—, no va a ser delante del Cuerpo Diplomático. Vamos a llamar a casa de Jefferson o de Monsieur Ripois. Si ellos están aquí, no hay nada que temer.

Juan Valdivia tomó el teléfono y en su rostro se dibujó el terror que estaba sintiendo.

—¡Está cortado! —nos dijo.

Los malditos zapadores habían cortado la línea.

—Lo único que nos falta es que nos manden un destacamento para protegernos —dijo Trenza. A Serrano le mandaron un destacamento para protegerlo, que lo protegió hasta que lo pasaron por las armas.

Yo hablé entonces:

—Vamos a romper el sitio antes de que lo cierren —dije, y no «Cada uno a su puesto y a levantarnos en armas», como afirma el Gordo Artajo en sus *Memorias*; pero si lo hubiera dicho, no me avergonzaría, ni las cosas hubieran sido diferentes.

# CAPÍTULO X

El teléfono cortado fue el argumento decisivo. A ninguno le quedó la menor duda de que estábamos en una ratonera y de que si queríamos seguir con vida, lo mejor sería romper el sitio, como acababa yo de expresarlo con tanta oportunidad. Así que nada de lo que dice el Gordo Artajo es verdad: «…como Arroyo estaba muy alarmado…», porque alarmados estábamos todos, empezando por él, que fue el que tuvo la idea de que nos disfrazáramos y hasta se puso un sombrero de petate, y se hubiera puesto el overol del jardinero, si hubiera cabido en él.

—Que saquen los automóviles —ordenó Valdivia.

—Que llenen los tanques de gasolina —ordenó Trenza.

—A las armas —ordené yo.

Afortunadamente, el Camaleón había conservado la serenidad. De lo contrario no sé en qué hubiera terminado esa aventura.

—¿Pero qué quieren hacer? ¿Abrirse paso a balazos hasta México? —en efecto, no era cosa fácil—. Si como afirma el Diputado —se refería a Horacio Flores— hay tropas en la carretera, no estarán allí para hacernos valla.

Tenía razón. Todo nuestro apuro era sólo para irnos a meter en la mera boca del lobo. Las personas a quienes he relatado este episodio, siempre me dicen que por qué nos asustamos tanto en ese momento, sin darse cuenta de que el que se mete en política debe estar preparado para lo peor. Lo que ocurrió después demuestra que nuestra alarma era perfectamente justificada.

Pero como iba diciendo, las palabras del Camaleón nos hicieron abandonar nuestros proyectos de regresar a México por carretera.

Canalejo, que no era nada práctico, propuso que siguiéramos hasta Acapulco y de allí, por barco, hasta Manzanillo, en donde tomaríamos el ferrocarril para regresar a nuestras respectivas zonas. Era un viaje de ocho días.

—¿Y por qué a nuestras respectivas zonas? ¡Vámonos a la frontera! —dijo Valdivia. Esta frase debió darnos una idea del gran tamaño de su cobardía. Sin embargo, en esos momentos, nadie le dio importancia a lo dicho, y nos contentamos con explicarle que las cosas no estaban tan perdidas como para dejar la mesa puesta e irnos a la frontera corriendo, como conejos.

—El pueblo lo necesita a usted, mi general —le dijo Horacio Flores, que era un gran demagogo, y lo convenció.

Alguien propuso esperar hasta que anocheciera.

—Si esperamos —dije yo—, el anochecer nos va a encontrar bien tiesos.

Y así siguió la averiguata. Cada uno daba sus ideas y los demás las discutían y decían si les parecían buenas o malas. Cuando dio la una, todavía estábamos alegando.

—Juan, ya llegó la Orquesta Típica de Lerdo de Tejada —dijo Clarita, asomando por la puerta.

Valdivia lanzó una imprecación, porque no estaba para atender a estos problemas.

—Diles que toquen —dijo el Camaleón—, mientras más ruido, mejor.

Cuando empezaron los acordes de *Dios nunca muere*, nos acordamos de que la muerte nos acechaba muy de cerca y decidimos ponernos en movimiento. Sacamos tres automóviles por la puerta trasera, que daba un callejón, y los asistentes estaban subiendo las maletas, cuando sonó el teléfono. Nos miramos unos a otros sin decir nada. Valdivia contestó.

Era la Central, que llamaba para avisar que ya estaba reparada la línea.

La alarma se evaporó con la misma facilidad con que se había producido dos horas antes. Y ahora, yo resulté el culpable.

—¡Estuviste a punto de arruinar mi carrera política! —me dijo el que un rato antes pensaba huir a la frontera.

Por más que les dije que la reparación del teléfono lo explicaba satisfactoriamente la presencia de las tropas en la carretera, ni la ausencia de Pérez H., ni la desaparición de Pittorelli, fui objeto de escarnio.

Empezaron a llegar los invitados más ramplones, como por ejemplo el diputado Medronio, que era líder de la Cámara; el Chícharo Hernández, Paladín de los Obreros; Pascual Gurza, que había hecho una fortuna vendiendo licores en la frontera, y Agamenón Gutiérrez, que había organizado la primera huelga de inquilinos en el Distrito Federal; entre las damas, que no eran tan numerosas, estaban Titina Requeta, Margarita Guarapo y una joven llamada Enriqueta, que venía acompañada de su señora madre.

Juan Valdivia se metió en un traje de charro con ribetes de oro y salió a recibir a la concurrencia.

Cuando llegó Jefferson, Artajo me miró con desprecio, como si yo fuera culpable de un pánico completamente injustificado. La Típica de Lerdo suspendió la ejecución que hacía en esos momentos de *El caminante del Mayab*, y el himno americano surgió majestuoso de los metales de la Banda de Artillería.

—Tú y tus sustos —me dijo el Gordo, que media hora antes era el más asustado.

—Espérate a que llegue Pérez H. —le contesté. Yo le pedía a Dios que no llegara el antes mencionado, en parte porque no quería verle la cara y en parte también porque no quería que mis compañeros se burlaran de mí.

A Juan Valdivia le pareció de muy mal gusto tomar bebidas alcohólicas ante el representante de un país en donde imperaba la Ley Seca y a una orden suya, los mozos ocultaron las setenta y dos cajas de aperitivos, cordiales, espumosos, digestivos y estimulantes que estaban destinados al consumo de los invitados. Esta medida provocó un sentimiento de hostilidad hacia los Estados Unidos. La fiesta se fue a pique.

Así estaban las cosas cuando se me acercó Baltasar Mendieta, que era un individuo al que yo despreciaba profundamente, y me dio el pitazo:

—Metieron en la cárcel a Pittorelli —me dijo.

—¿Por qué razón? —le pregunté.

—Por escribir el Testamento Político del general González.

Me quedé helado, comprendiendo que la noticia que me daban era la de la muerte política de Valdivia… y la mía. También era la explicación de las tropas en la carretera. Me fui corriendo a avisarles a mis compañeros.

Nos reunimos en la sala de billar y empezaron otra vez las discusiones: que si nos vamos, que si nos quedamos, que para dónde nos vamos, que si las tropas en la carretera, pero Valdivia ya no dijo nada de irnos a la frontera. Todos estuvimos de acuerdo en levantarnos en armas, no fui yo el que lo propuso, como afirma Artajo.

—Vámonos antes de que nos agarren —dijo Trenza, con mucha razón.

El Camaleón propuso regresar por Cuautla y todos estuvimos de acuerdo. Si nos tenían preparado un susto en México, no iba a ser por la carretera de Puebla.

Cuando salimos de la sala de billar, nos dimos cuenta de que Jefferson había desaparecido como por arte de magia. Esta circunstancia no hizo más que reforzar nuestros temores y apresurar nuestra partida.

—Que saquen los vinos —ordenó Valdivia.

Y mientras sacaban los vinos y los servían y se animaba la fiesta, nosotros subimos en los automóviles y nos fuimos yendo, muy disimuladamente, hacia la salida de Cuautla.

El viaje fue infernal, porque el camino era muy malo, pero no encontramos un soldado hasta Yautepec y el que encontramos allí estaba paseando unos caballos y nomás nos miró pasar.

Llegamos a México a la media noche, a casa de Trenza, que era la única «secreta». Entramos en ella con muchas precauciones, pensando que nos estaría esperando la Policía, pero no encontramos más que a Camila y a la criada, que estaban muy bien dormidas.

Allí nos separamos, después de haber jurado, solemnemente, seguir al pie de la letra el «plan de emergencia» que teníamos preparado desde abril. Al día siguiente, regresé a Vieyra en el vagón del Express, que estaba al cargo de un muchacho que nos había ayudado en la campaña política.

Ese día salieron nuestras fotos en los periódicos y una noticia, completamente equivocada, que decía: «CONFABULACIÓN DE GENERALES. LOS GENERALES (aquí decía nuestros nombres) SE LEVANTARON EN ARMAS Y FUERON APRESADOS EN CUERNAVACA POR FUERZAS FEDERALES. EN TODA LA REPÚBLICA REINA LA PAZ Y LA TRANQUI-

LIDAD» y así seguía por dos planas enteras, diciendo que todo estaba muy tranquilo y que nosotros éramos unos sinvergüenzas.

Mientras leía esta noticia, cómodamente instalado entre los bultos del correo, fui comprendiendo que nuestra oportuna huida había frustrado uno de los planes más diabólicos que se hayan forjado en la ya de por sí bastante turbia política mexicana.

Pittorelli había «confesado» ser el autor del Testamento Político de González, lo cual era perfectamente cierto, pero además, que nosotros le habíamos pagado porque lo hiciera, lo cual era una gran mentira. Nunca lo desenmascaramos, porque no nos convenía, pero tampoco le ordenamos que lo hiciera. Y esta confesión la hizo nada menos que dos días antes de que se fundieran los partidos y se eligiera el candidato único del Partido Único, cuando que era un dato suficiente no sólo para quemar un candidato, sino para meter en la cárcel a una buena media docena de personas que precisamente estaban ese día juntas en el banquete de Juan Valdivia. Toda esta coincidencia, más los tres mil cartuchos por soldado que nos acababan de entregar, de ribete, era, huelga decirlo, fruto de la perversa mente de Vidal Sánchez, que en esos momentos ha de haber estado dándose topes contra una pared porque nos habíamos escapado de entre sus garras.

# CAPÍTULO XI

Melitón Anguiano había telegrafiado a Cenón Hurtado ordenándole que se hiciera cargo de la Zona y que me apresara si me aparecía por allí, pero cuando entré en mi despacho y me lo encontré muy sentado frente a mi escritorio, lo único que atinó hacer fue levantarse y ponerse a mis órdenes.

Después de cerciorarme de que todo estaba realmente bajo mi férula, la primera providencia que tomé fue mandar a Matilde y a los niños con un hermano de ella que era inspector de Aduanas en Ciudad Juárez. Este acto no fue de derrotismo, sino de precaución, porque aunque es bien sabido que los familiares de los revolucionarios muy rara vez han sufrido represalias, no quería que en el porvenir se dijera, «una excepción es lo que le sucedió al general Arroyo». El caso es que, como ya dije, mandé a Matilde y a los niños a Ciudad Juárez. Luego, cité a junta a los comandantes de las corporaciones.

Cuando estuvieron reunidos, les dije:

—Necesitamos el control absoluto de los ferrocarriles, de los telégrafos, y de los bancos. —Luego, expliqué que el Gobierno de Pérez H. había violado la Constitución y todo eso, y terminé diciendo—: El que no esté de acuerdo, puede retirarse con todos los honores militares. —Nadie se movió de su asiento.

Entonces, les expliqué mi plan de campaña, que como ya he dicho, estaba basado en el que habíamos preparado mis compañeros y yo desde abril. Mi misión consistía en apoderarme de Apapátaro, capital del Estado del mismo nombre, y luego, de ser posible, de Cuévano, el famoso centro ferroviario en donde pensábamos que nos íbamos a reunir todos: Artajo, que venía de Sonora; Trenza, que venía de Tamaulipas; Canalejo, que venía de Monterrey, y el Camaleón, que venía de Irapuato. Valdivia, Anastasio y Horacio Flores, se habían ido con Trenza a Tampico. Una vez establecido el contacto en Cuévano, nos lanzaríamos sobre la capital de la República y formaríamos un Gobierno Provisional que convocaría a otras elecciones, etcétera, etcétera, etcétera.

Decidimos, mis comandantes y yo, y no yo, «...con el despotismo que siempre me caracterizó», como insinuó Cenón Hurtado durante el Consejo de Guerra que se me formó, más tarde, apresar a Don Virgilio Gómez Urquiza, el Gobernador del Estado, a Don Celestino Maguncia, que era gerente del Banco de Vieyra, y a cuatro de los miembros más fuertes de la Unión de Cosecheros y de exigirles seiscientos mil pesos de rescate, so pena de pasarlos por las armas, si esta cantidad no era entregada transcurridas veinticuatro horas.

Quiero hacer un paréntesis para justificar esta actitud que me valió tantos vituperios: la primera consideración que tenemos que hacer es la Patria; la Patria estaba en manos de un torvo asesino: Vidal Sánchez, y de un vulgar ratero, Pérez H.; había que liberarla. Para liberarla se necesita un ejército y todos sabemos que un ejército en campaña es algo que cuesta muy caro. Ahora bien, en México las clases populares siempre se han mostrado muy generosas con su sangre, cuando se trata de la defensa de una causa justa. Pero nunca se ha sabido de un ejército que se mueva con donativos populares. El dinero tiene que venir o de las arcas de caudales de los ricos, o bien, de las del Gobierno de los Estados Unidos. Como no contábamos ni con el apoyo, ni con las simpatías de este último, nos fuimos sobre los primeros.

¿Cuándo se ha sabido que un rico mexicano dé voluntariamente dinero para algo? Aunque no sea patriótico. Nunca. Es por eso que Zarazúa se encargó de meter a estos seis personajes en el calabozo del cuartel de las Puchas.

Doña Cesarita, la esposa de Don Celestino Maguncia, vino hecha un mar de lágrimas a pedirme que no fusilara a su marido.

—Si no lo voy a fusilar, señora —le dije para tranquilizarla—, nomás me entregan el dinero y lo pongo en libertad.

—Es que mi marido es dueño de un banco, pero somos muy pobres —me dijo ella, con tanto descaro, que me dieron ganas de pasarla por las armas.

Yo, comprendiendo que tenía que habérmelas con una mujer de negocios, le expliqué lo de que «les hago un vale y nomás que triunfe la Revolución, el Gobierno se encargará de liquidar esta inversión que ustedes hacen, más réditos a razón del cuatro por ciento anual». Ella no me lo creyó, porque desgraciadamente muchos han sido los que han prometido lo mismo y no lo han cumplido.

Ella se alzó el velo (porque traía sombrero y todo) y entonces me di cuenta de que quería tanto a su marido que estaba dispuesta a entregárseme con tal de que lo soltara. O, mejor dicho, quería tanto a su dinero. Me la quedé mirando y pensé para mis adentros: «esta mujer no vale seiscientos mil pesos en ningún lado», pero no le dije nada.

Cuando se dio cuenta de que no había esperanzas por ese lado, decidió hablarme con franqueza:

—Mire, general, yo sé que usted es un hombre de razón: comprenda que si mete usted en la cárcel a seis y les exige un rescate global, los familiares van a querer que pague el que parece más rico, que es mi marido. Pídales cien mil pesos a cada uno y amenaza con fusilar al que no pague y verá como mañana tiene el dinero.

Me quedé espantado de lo inteligente que puede ser una mujer en cuestiones de dinero. Di las órdenes pertinentes para que se notificara a los deudos esta nueva modalidad. Entonces vino la segunda parte del negocio. Como nadie tenía efectivo, a Doña Cesarita, porque era la del Banco, le vendieron tierras, casas y acciones al precio que a ella le dio la gana.

Como habíamos tenido muy buen ojo y habíamos escogido seis gallones de veras ricos, al día siguiente teníamos el rescate de todos, menos de Don Virgilio, cuyo único capital eran los fondos del Estado, que ya estaban en nuestro poder. Le perdoné la vida, y los soltamos a los seis.

—Este dinero que ustedes nos dan —les advertí cuando ya se iban—, no está perdido. Se queda aquí en calidad de garantía. Cuando triunfe la Revolución… —etcétera.

Ellos se fueron sin creerme. Hicieron bien, porque ese dinero nunca lo volvieron a ver.

Alentados con tan buen éxito, decidimos (mis comandantes de corporación y yo), apresar a quince cosecheros al día siguiente; pero cuando Zarazúa los fue a buscar, descubrimos que todos los ricos de la ciudad se habían escondido Dios sabe dónde. No podían estar muy lejos, porque habíamos capturado los dos trenes que habíamos pasado en esos días, pero como no teníamos tiempo de andar buscándolos, decidimos irnos sobre el famoso Padre Jorgito, que a pesar de tantas persecuciones, seguía ejerciendo su oficio en el Santuario de Guadalupe. Lo metimos en el cuartel de las Puchas, con la intención de pedir cincuenta mil pesos de rescate, pero cuando apenas estaban cerrando la puerta del calabozo, apareció una manifestación de ratas de sacristía que venían a protestar por lo que ellas llamaban «una arbitrariedad».

No queriendo enemistarme con la masa de la población, ordené que se hiciera una carga de caballería (simulada) para disolver el evento, que se pusiera en libertad al Padre Jorgito y que se pasara por las armas a su sacristán, para que quedara bien claro que no éramos tan blanditos. Mis órdenes fueron cumplidas al pie de la letra.

Este fue el último intento que hice en Vieyra para conseguir fondos para la Revolución, porque al día siguiente me puse en movimiento con todos mis efectivos rumbo a Apapátaro, Aptro.

# CAPÍTULO XII

Mientras ocurrían todos estos fenómenos en el campo de las finanzas, el capitán Benítez, que era mi jefe de técnicos y un hombre muy ingenioso, se ocupó de construir un carro blindado, usando para este fin una góndola vieja de la American Smelting, los restos de un carro tanque, el cañón de 75 que era nuestra única pieza de artillería (sólo teníamos 42 proyectiles) y dos ametralladoras Hotchkiss. Este armatoste, que era un verdadero ariete, lo pegamos delante de una locomotora de patio y constituía nuestra vanguardia.

Transportamos la infantería en los dos trenes que habíamos capturado, mientras que la caballería cubrió por sí misma los 150 kilómetros que separan a Vieyra de Apapátaro.

Mi plan consistía en tomar la ciudad por sorpresa usando solamente la infantería. En caso de que nuestro

77

primer intento fracasara, podíamos retirarnos un poco, esperar a la caballería y lanzar un segundo asalto con todos los efectivos.

Como la ciudad de Vieyra nunca fue un punto estratégico, la abandonamos, llevando con nosotros solamente lo más indispensable. Yo había hecho especial hincapié en la rapidez del movimiento. Todo nuestro futuro dependía, pues, de la toma de Apapátaro.

Hicimos el viaje de noche, en tres convoyes. El primero estaba formado por el carro blindado que ya he descrito, la locomotora, que también estaba cubierta, y una góndola en la que viajaba una compañía de infantería. El segundo tren, que venía un kilómetro después, transportaba el 12º Batallón al mando de Cenón Hurtado, y el tercero, con el mismo intervalo de un kilómetro, estaba al mando del coronel Pacheco y traía el resto de nuestros efectivos. Yo, huelga decirlo, viajaba en el primer convoy con los capitanes Benítez y Zarazúa.

Al llegar a la altura de Los Lobos, la vía estaba cortada y estuvimos a punto de descarrilar. Afortunadamente, todo estaba previsto. En la góndola trasera venía nuestro equipo de reparación y, al cabo de dos horas, nos volvimos a poner en marcha.

Ordené que se apagaran las luces de los trenes, y el fanal de la primera locomotora, porque no quería que nadie se diera cuenta de la fuerza de nuestro dispositivo.

Al llegar a un corte que está cerca del rancho del Zopilote, a diez kilómetros de nuestro destino, nos balacearon, pero contestamos con tal estruendo, que los callamos. Proseguimos nuestro viaje.

Cuando apareció a lo lejos Apapátaro, ya estaba despuntando el día.

—Mejor —le dije a Benítez—. Para que vean que no venimos con las manos vacías.

Ordené hacer alto a unos doscientos metros de la estación. Los otros convoyes se detuvieron más lejos.

—Suéltales un cañonazo —le dije a Benítez—. Para ver qué cara ponen.

—Usted me dice dónde, mi general.

Yo señalé las torres de la Catedral, que eran lo que mejor se veía en el cielo de la mañana y él disparó el famoso proyectil que cayó en la escalera del Palacio de Gobierno.

Después de tres disparos, nos acercamos a la estación. Destrozamos los vidrios con una descarga de las Hotchkiss. Nadie contestaba nuestro fuego. La compañía de infantería, al mando de Zarazúa, ocupó la estación sin hallar resistencia; ni a nadie, por cierto.

Zarazúa se fortificó en la estación y nosotros nos retiramos hasta un lugar desde donde podíamos bombardear tranquilamente. Mientras tanto, el resto de nuestra infantería había desembarcado y tomado posiciones.

Benítez volvió a disparar el cañón y esta vez sí le atinó a una de las torres de la Catedral.

En ésas estábamos cuando apareció, con bandera blanca, un capitán que venía de parte de Vardomiano Chávez, que era el Jefe de la Zona.

—Dice mi general Chávez que está con ustedes.

Yo no se lo creí. ¿Por qué había de estar con nosotros Vardomiano Chávez?

Después se descubrió, cuando parlamentábamos con él, que Vardomiano Chávez estaba con nosotros porque tenía miedo.

—No quiero que se moleste a la población civil —me dijo, cuando nos entrevistamos en la estación.

—La molestaremos lo menos posible —le dije—, pero ten en cuenta que venimos, como quien dice, a la buena de Dios y que de algún lado necesitamos sacar los medios para movernos. —Esto se lo advertí ante dos testigos: el capitán Benítez y Cenón Hurtado.

Hicimos una entrada triunfal en Apapátaro. Esa noche nos dieron un baile, y al día siguiente metimos en la cárcel a cincuenta ricos, incluyendo al Señor Gobernador, al Presidente Municipal, y a dos diputados locales.

# CAPÍTULO XIII

Mucho se me criticó después porque no puse en libertad a estos prisioneros cuando se me entregó el rescate que pedí por ellos, pero quiero aclarar que ese rescate lo pedí, no para soltarlos, sino para no fusilarlos. Como en efecto, no fusilé a nadie. Hay que tener en cuenta que yo me encontraba en pie de guerra y en territorio hostil y que mis objetivos militares no me daban el tiempo necesario para andar coqueteando con la población civil y necesitaba tener rehenes por si se les ocurría jugarnos una mala pasada. Por otra parte, estos ricos que metí en la cárcel de Apapátaro, eran ricos mexicanos, que constituyen una raza maldita y que debieron ser pasados por las armas, todos, desde los tiempos del Cura Hidalgo. Así que no entiendo qué me reprochan los que dicen que fui muy cruel, porque tuve presos unos días a una sarta de mentecatos.

La caballería, que venía al mando del coronel Odilón Rendón, se nos incorporó dos días más tarde, que fue el 3 de agosto. Decidí pasar revista a mis tropas que con el batallón y los dos escuadrones de caballería que tenía Vardomiano ya pasaban de los dos mil quinientos hombres.

Hicieron una demostración tan marcial, que muchos de los habitantes de la ciudad, especialmente de las clases más necesitadas, que son las más generosas, vinieron a ofrecerse como voluntarios. Con ellos formamos dos compañías de reserva, que puse al mando del capitán Fuentes y que no pensaba utilizar más que en el caso de que pudiéramos armarlas.

Como había yo decidido establecer en Apapátaro mi base de operaciones, efectuamos algunas acciones de limpia en los alrededores; expropiamos también todo el maíz que había en las trojes y la mayor cantidad de ganado que pudimos recoger. En esto se nos fueron tres días y en esto, también, estábamos, cuando bajó de la sierra el conocido cristero Heraclio Cepeda, con sus hombres, que quería ponerse a mis órdenes, «porque él también estaba en contra de la opresión», me dijo. Vardomiano y Cenón querían que le jugáramos una mala pasada y que lo desarmáramos, pero yo preferí aceptar sus servicios y lo mandé a revolucionar en el Estado de Guatáparo, en donde por seis años trajo a salto de mata a mi compadre, Maximino Rosas, que era el Jefe de la Zona Militar.

El día 7 de agosto todo estaba preparado para seguir nuestro avance hacia Cuévano, que pensábamos iniciar al día siguiente, cuando a las diez de la mañana, apareció uno de los Curtiss de la Fuerza Aérea, que después de darle muchas vueltas a la población y cuando ya creíamos que iba a empezar a bombardearnos, aterrizó en los llanos de la Verónica.

Inmediatamente monté a caballo y con una sección de caballería fui a ver de qué se trataba.

Cuando llegué al lugar del aterrizaje, me encontré con que el aparato ya estaba rodeado de la chiquillería y de muchos perros que ladraban y que de él habían bajado nada menos que Anastasio Rodríguez y el héroe de la aviación, Juan Paredes. Nos abrazamos con mucho gusto y después de dejar un piquete resguardando el avión, nos dirigimos al Hotel México, en donde yo había establecido mi cuartel general.

Las noticias que trajo Anastasio eran unas buenas y otras malas, pero de cualquier manera eran difíciles de obtener, porque él era como un mudo y no le gustaba hablar.

—¿Y qué pasó con Canalejo? —le pregunté.

Canalejo, por supuesto, no había podido apoderarse de Laredo, como era su deber, y estaba esperando a que llegáramos a reforzarlo. Así que en todo el oriente no teníamos puerta en la frontera y como es bien sabido, las revoluciones en México las gana el que tiene la mejor.

—Los periódicos dicen que Artajo tomó Culiacán —me dijo Anastasio, pero como no teníamos comunicaciones, no podíamos saber si era cierto o nomás rumores.

A Trenza le había ido muy bien y estaba listo para echarse sobre Cuévano. Ya estaba a la altura de la estación de Guardalobos. El avión, me lo mandaba para hacer reconocimientos (sólo que se le había olvidado que gasolina no encontraríamos sino hasta Cuévano), y a Anastasio, para que me ayudara. Del Camaleón no se sabía nada.

—¿Y cómo supieron que yo había tomado Apapátaro?

—Porque salió en los periódicos.

¡Buena está la cosa, si para averiguar nuestros movimientos teníamos que depender de la Vendida Prensa Metropolitana!

Entonces, me dio una noticia que me dejó helado.

—Dicen que de México salió a combatirnos una columna al mando de Macedonio Gálvez.

—Dios los hace y ellos se juntan —dije. Y me quedé pensando que teníamos que habérnoslas con una cuadrilla de rateros—. Nomás que lo encuentre me va a pagar el robo de mi pistola de cacha de nácar.

Después, en el billar del hotel, hicimos una junta de Estado Mayor, a la que asistieron Cenón Hurtado, Vardomiano Chávez, Odilón Rendón, el coronel Pacheco, Anastasio, Juan Paredes y los capitanes Benítez, Fuentes y Zarazúa.

Paredes, que había volado sobre Cuévano, nos explicó el dispositivo de la defensa.

La vía estaba cortada en el Zarco por el Ferrocarril Central, que era por el que nosotros avanzábamos y en el Fresno, por el Oriente, que era por donde avanzaba Trenza y tenían una batería en el cerro de San Mateo, que nos iba a dar mucha guerra. No sabíamos cuántos hombres tenían, pero estaban al mando de Macario Aguilar, que no era ningún tarugo.

—Dice Germán que tú les quites la artillería y que él se encarga de lo demás —dijo Anastasio.

—¿Y cómo sabemos si no está defendiéndola una división? —pregunté.

—Yo creo que no tenemos los medios suficientes para efectuar un ataque tan importante —dijo Cenón Hurtado, que era un cobarde. En ese momento, decidí dejarlo de guarnición en Apapátaro y lanzarme al ataque.

—Esta noche nos ponemos en movimiento —dije, para terminar la junta.

Juan Paredes hizo otro vuelo de reconocimiento y cuando regresó, se le rompió el tren de aterrizaje. Montamos el avión en una de las plataformas que habíamos encontrado y empezamos el viaje a las ocho de la noche, con todos los efectivos, menos un batallón y los voluntarios, que dejamos en Apapátaro al mando de Cenón Hurtado.

Anastasio, que venía con la caballería, nos alcanzó en el Zarco, cuando estábamos reparando la vía, y nos dejó atrás. Cuando la vía estuvo reparada, seguimos nuestro camino y a las 4 de la mañana, cuando llegamos al Chico, empezamos a oír la balacera que tenían trabada nuestra caballería y las avanzadas del enemigo.

Cuando Benítez empezó a cañonear a los federales, éstos se retiraron en desbandada, pero Odilón los interceptó y les hicimos doscientos prisioneros. Esta fue la acción del Chico.

Mis hombres estaban llenos de entusiasmo, con tanta victoria.

A diez kilómetros de Cuévano desembarqué la tropa y, al mando de la infantería, me dispuse a conquistar el cerro de San Mateo. Benítez, con el cañón, siguió más adelante, para bombardearlos y distraer su atención.

Ya había anochecido el día siguiente y todo estaba muy callado. Al rato empezó Benítez con sus cañonazos. Ordené a mis hombres que se desplegaran en línea de combate y avanzamos.

En vez del fuego mortífero que esperábamos, nos encontramos con un batallón que estaba protegiendo la artillería, que cambiaba de posición para hacerle frente a Benítez y que casi chocó con nosotros en la oscuridad.

Los hicimos pedazos en menos que canta un gallo.

Ordené una carga para tomar el cerro. Y allí vamos: yo a la cabeza de mis hombres y ellos gritando embravecidos. Con tan buena suerte, que los nidos de ametralladoras estaban del otro lado del cerro, esperando un ataque de Germán Trenza y cuando los que las manejaban estaban cambiándolas de posición, les caímos encima y los capturamos. Luego Pacheco y yo seguimos rumbo a la cumbre, donde estaba la artillería, dejando a Vardomiano que nos protegiera la retaguardia, íbamos avanzando, con mucho tiento, esperando que se nos viniera el mundo encima de un momento a otro, cuando oímos el estruendo de las mulas, que venían a la carrera, pendiente abajo, tirando de las piezas, o más bien huyendo de ellas. Poco faltó para que nos atropellaran. Fue el peor susto de la noche y casi salimos de estampida también nosotros. Pero al cabo de un tiempo, nos serenamos y logramos capturar las cuatro, con bagaje y parque y cuanto hay.

Cuando todo estuvo tranquilo de mi lado, ordené a Benítez que dejara de bombardearnos y hasta entonces me di cuenta de que por el lado oriental de Cuévano sonaba una terrible balacera. Le ordené a Pacheco que con dos compañías hiciera un reconocimiento.

Cuando Pacheco acababa de irse, llegó Benítez en una mula, a todo galope.

—No soy yo el que está bombardeándolos. Hace media hora que se me acabó el parque —me dijo al llegar.

Entonces, comprendí que el schrapnnell que estaba cayéndonos encima, venía nada menos que de los cañones de mi querido amigo Germán Trenza. Afortunadamente estaban tirando con tan mala puntería, que no nos causaban mucho daño.

Ordené inmediatamente que fuera un mensajero a comunicarle a Germán nuestra posición.

—Emplace los cañones, Benítez, y hágame favor de bombardear la ciudad —ordené.

—Muy bien, mi general.

Entonces, empezó el bombardeo que había de causar veinte bajas en la población civil.

El fuego de fusilería que había por el lado oriental, cesó de pronto. Cuando regresó Pacheco, se supo que ése había sido un combate entre dos unidades de las fuerzas de Macario, que evolucionando en la oscuridad se habían encontrado y confundido con el enemigo, es decir, con nosotros. Estos son los azares de los combates nocturnos.

—Alto el fuego —ordené, cuando cesó el de Trenza. Decidimos esperar a que amaneciera, porque ya era bastante la confusión.

Cuando despuntó el día, vimos que el enemigo se retiraba en tres largos trenes rumbo a México. Lanzamos gritos de júbilo, porque habíamos ganado la batalla. Cuévano era nuestro. Dos horas después de esto que acabo de relatar, esos trenes fueron interceptados por las fuerzas del Camaleón, que venían muy calladitas desde Irapuato.

Macario Aguilar logró escapar y se presentó dos días después en Celaya, que era donde Macedonio Gálvez tenía su Cuartel General. Por agencias de Vidal Sánchez, se le juzgó sumariamente y se le pasó por las armas acusado de alta traición. Este fue otro de los innumerables crímenes de Vidal Sánchez, porque Macario no fue un traidor. Lo vencimos, porque nos batimos con gran bravura y tuvimos mucha suerte, eso es todo.

# CAPÍTULO XIV

Trenza tenía su Cuartel General en el Catorce, en una casa que estaba cerca de la estación. Afuera vi a varios soldados que andaban festejando la victoria, ya medio borrachos, a pesar de que no eran ni las nueve de la mañana. Desmonté y habiendo encargado mi caballo a un asistente, entré en el mentado Cuartel General, en donde estaba Trenza almorzando en compañía de Camila, que no se le separaba. Cuando él me vio, se levantó y me dijo:

—¡Lupe, hemos ganado una gran victoria!

—«Hemos» son mucha gente —le dije, y entonces, le reclamé la mala organización de la batalla, porque él, en resumidas cuentas, no hizo más que bombardearme. Ni siquiera entró en contacto con el enemigo y si a éste no se le ocurre retirarse de *motu proprio* la batalla no hubiera sido ni la mitad de lo gloriosa que fue.

Pero él no estaba para hacer caso de «pequeños accidentes», como él llamaba a la falta de coordinación.

—Si mal organizados como estamos, les ganamos, ¡qué no será cuando nos organicemos bien! —me invitó a sentarme y Camila me dio de comer. Yo acepté agradecido, porque hacía mucho que no comía nada.

Había motivo para estar satisfechos. Éramos dueños de un gran centro ferroviario, «la llave de la Mesa Central», como se le llama en los libros de geografía, de una ciudad de cien mil habitantes, y estábamos a setecientos kilómetros de México nada más.

Todavía estábamos sentados a la mesa, cuando llegó una comisión del H. Ayuntamiento de Cuévano.

—¿Qué garantías nos dan? —nos preguntó Don Pedro Vargas, que era el presidente de la Cámara de Comercio.

—Ninguna. —Le explicamos las Leyes de la Guerra. La guarnición se había retirado y la ciudad estaba a nuestra merced.


Cuando llegó el Camaleón, nos pusimos de acuerdo y entramos en la ciudad con nuestras tropas por tres rumbos diferentes. Hubo saqueo y para las ocho de la noche ya habíamos fusilado a seis personas por diferentes crímenes, con lo que se restableció el orden y la ciudad quedó sometida a la Ley Marcial.

Al día siguiente, Trenza, como jefe de la ocupación, emitió un decreto decomisando todos los víveres que había en la plaza y los valores que había en los bancos, además de tomar veinte rehenes de las mejores familias, por lo que se pudiera ofrecer.

Esa tarde llegaron Valdivia, Ramírez y Horacio Flores, en los otros dos Curtiss de la Fuerza Aérea, con un tambache de proclamas y de manifiestos políticos, que habían impreso en Tampico y que se pegaron en las esquinas, pero que nadie leyó, porque la gente estaba muy asustada y no salía de sus casas.

Cuando se incorporaron Anastasio Rodríguez y Odilón Rendón, hicimos una Junta de jefes, para decidir, como quien dice, el futuro de la Revolución.

—Necesitamos tener un Comando Supremo —dijo Valdivia en esa reunión, y siguió hablando un cuarto de hora, al cabo del cual, lo nombramos Comandante en Jefe del Ejército de Oriente de las Fuerzas Reivindicadoras, que era el nombre que habíamos escogido para nuestro movimiento. Una vez investido de este importante cargo, se levantó y nos dijo—: No quiero dar un paso adelante sin abrir una puerta en la frontera.

Nadie estuvo de acuerdo en eso. Yo abogaba porque nos echáramos sobre la columna de Macedonio antes de que acabara de concentrarse y Trenza estaba conmigo.

—No tenemos fuerza suficiente para semejante empresa —dijo Vardomiano Chávez, que siempre fue muy precavido.

—Esa es cuestión que no podemos decidir, porque no sabemos cuántos hombres tiene Macedonio —dijo Trenza—. Vamos a atacarlo y si nos gana, es que no teníamos fuerza suficiente, y si no, es que sí.

Yo estaba de acuerdo con Trenza.

—El que no se arriesga, no pasa la mar —dije—. Además, cualquiera que sea su fuerza ahora, si nos esperamos va a ser mayor.

—No quiero dar un paso adelante sin las fuerzas de Artajo —dijo Valdivia, nuestro Comandante en Jefe, que lo que quería, evidentemente, era quedarse en Cuévano.

El Camaleón propuso avanzar por la línea de Guadalajara, hasta encontrar a Artajo, que vendría del Norte, con sus siete mil hombres y sus cuatro regimientos de artillería. Todos apoyamos este proyecto y allí mismo nombramos a Augusto Corona, el Camaleón, Comandante de la Fuerza Expedicionaria del Occidente. Pero a pesar de los esfuerzos de Trenza y míos, el avance sobre Celaya se pospuso «para mejor ocasión», como decía el acta que levantó el capitán Zarazúa, que era nuestro secretario.

Valdivia, que era un terco, volvió con su cantaleta:

—Quiero que abramos una puerta en la frontera para comerciar con los americanos.

Se le olvidaba que no teníamos dinero con que comprar nada.

—Que la abra Canalejo —dijo Trenza.

—Canalejo no abre nada —dijo el Camaleón—, es el Ave Negra del Ejército Mexicano. —En esto tenía mucha razón y todos lo sabíamos.

—Propongo que Trenza y Arroyo hagan un viaje relámpago al norte, con una fuerza escogida, y tomen el pueblo de Pacotas —dijo Valdivia.

Aquí fue donde Trenza y yo cometimos el gran error de la reunión, porque aceptamos el encargo. Nos pareció muy fácil ir al Norte, tomar Pacotas, regresar a Cuévano y ya con Artajo y sus siete mil hombres y sus cuatro regimientos de artillería, lanzarnos sobre Macedonio, que iba a estar esperando con los brazos cruzados, a que nos diera la gana hacerlo pedazos.

# CAPÍTULO XV

Los días siguientes fueron de actividad febril. A pesar de los aguaceros torrenciales, Benítez hizo milagros. Construyó un tren blindado que era una verdadera obra maestra de la ingeniería militar. Quedamos tan satisfechos con su trabajo, que Valdivia lo ascendió a teniente coronel.

El día 14 de agosto, nos pusimos en movimiento hacia el norte, en tres trenes, el blindado y dos de transporte. Llevábamos el 45° regimiento, al mando de Odilón Rendón, dos batallones de infantería y dos baterías de 75.

Hicimos el viaje sin ningún percance y establecimos nuestras líneas en el kilómetro quince (Pacotas era el cero), en donde se nos reunió Canalejo, que venía con sus tropas muy desanimadas, por el fiasco de Laredo.

Cuando estábamos discutiendo el plan de campaña en el tren en donde habíamos establecido el Cuartel General de la Fuerza Expedicionaria del Norte, nos avisaron que en un automóvil con bandera norteamericana había llegado Mister Robertson, que era el cónsul en Pacotas, y que quería hablar con nosotros.

—Si cae una bala de aquel lado del río —nos dijo Mister Robertson, que era un americano tan colorado que parecía que iba a reventar—, el Gobierno de los Estados Unidos le declara la guerra a México.

Nuestro plan de ataque suponía un bombardeo previo, hecho de tal manera, que no iba a caer de aquel lado una bala, sino mil.

—Pero comprenda usted que si estamos tirando de aquí para allá, algunas balas se tienen que ir para aquel lado —dijo Trenza con mucha razón.

Por toda respuesta, el americano nos enseñó una carta del Departamento de Estado que, según el capitán Sánchez, que sabía inglés, decía efectivamente que nos declararían la guerra si se nos iba una sola bala.

—Siempre ha sido un país muy egoísta —le dije yo, que estaba enardecido.

—Ya estamos cansados de sus revoluciones —me contestó él.

Yo le contesté que no era ésa la manera de tratar a un país que había luchado tanto como México por la Justicia Social.

—Nos parece muy bien que ustedes luchen por la Justicia Social, pero si no nos dan garantías, los que vamos a ocupar Pacotas somos nosotros —nos dijo textualmente Mr. Robertson.

Trenza, que, cosa rara, ese día estaba muy conciliador, dijo entonces:

—Comprenda que si queremos abrir la frontera es porque vamos a comerciar con ustedes.

—Pues abran la frontera y comercien con nosotros —dijo el taimado yanqui, y repitió la cantaleta de que si una sola bala... los Estados Unidos..., etcétera.

Luego sacó un papel, que quería que le firmáramos. Era un compromiso de respetar las propiedades de los ciudadanos norteamericanos, y todo eso.

—Yo no firmo nada —dije. Y hasta tenía ganas de pasar por las armas a Mr. Robertson.

—Si no quiere usted firmar —me contestó—, el Ejército de los Estados Unidos ocupará Pacotas mañana mismo.

Entonces, Trenza firmó, Canalejo firmó y a mí no me quedó más remedio que firmar.

—¿Y ahora qué hacemos? —le pregunté a Trenza cuando se hubo ido el gringo. Era imposible hacer un ataque sin que la mitad de las balas cayeran del lado americano.

—Vamos a ver si quieren rendirse por las buenas —me contestó.

Pero el coronel Medina, que era el jefe de la guarnición de Pacotas, se daba muy bien cuenta del aprieto en que estábamos y no quiso rendirse.

Le ordenamos a Juan Paredes, el héroe de la aviación mexicana, que hiciera un vuelo de reconocimiento en su Curtiss, que habíamos traído en el ferrocarril para el caso. En un asunto tan peligroso, necesitábamos saber exactamente dónde estaban las defensas del enemigo.

Regresó con muy malas noticias. Las defensas estaban en semicírculo alrededor de la estación, de espaldas a y cerca del río y detrás de ellas... el General Pershing.

Yo ya estaba por proponer que nos fuéramos con la música a otra parte, cuando a Benítez se le ocurrió otra de sus ideas geniales.

Consistía en cargar un carro de ferrocarril con dinamita, arrastrarlo con una locomotora hasta las alturas que estaban en el kilómetro 8 y soltarlo desde allí. La vía estaba en un declive que terminaba en la estación a Pacotas y calculábamos que el vehículo llegaría con suficiente ímpetu, para meterse en la casa del Jefe de la Estación y volar en pedazos al coronel Medina y todos sus efectivos, sin causar ningún estropicio en las propiedades norteamericanas.

Este plan recibió nuestra aprobación más calurosa y como no teníamos tiempo que perder, nos pusimos en obra inmediatamente.

# CAPÍTULO XVI

Para desempeñar una misión tan delicada, escogimos el carro comedor «Zirahuén», que había visto mejores días. Entre que conseguimos la dinamita y Benítez preparó los detonadores, se nos fue la noche y cuando ya estaba despuntando el día, trajeron una locomotora que tenían preparada y con mucho cuidado la pegamos al «Zirahuén». Subimos en ella Benítez y yo, con el maquinista Cházaro y un fogonero. Cuando di la orden de ponernos en marcha, el convoy empezó a moverse muy lentamente y después, con más velocidad, hasta el lugar en donde empieza la cuesta, que es cerca del kilómetro 10, luego vino la ascensión. Yo tenía miedo de que nos balacearan con no sé cuántos kilos de dinamita entre las manos. Pero no se veía a nadie. Estaba lloviznando.

Al llegar a la cima, detuvimos la locomotora, soltamos el vagón y lo empujamos a mano unos metros, hasta que comenzó a deslizarse cuesta abajo. Cuando lo vimos desaparecer en una curva, ya había tomado un impulso considerable.

Vimos el reloj y esperamos.

No pasó nada. No hubo ninguna explosión.

Ordené el regreso a nuestro campamento. Germán y Canalejo estaban esperándome.

—¿Qué pasó? —me preguntó Trenza—, ¿por qué no tronó?

—No sé —le dije.

Ordenamos que un escuadrón de caballería investigara qué había pasado con el «Zirahuén».

La espera fue terrible. Todos teníamos ganas de terminar esta aventura. Queríamos avanzar o retroceder, pero movernos de allí. Todo estaba preparado para acometer la «acción relámpago» que habíamos planeado y que hubiéramos llevado a cabo si los americanos nos hubieran dado permiso. Nos habíamos quedado, como quien dice, tirados a media vía y ahora, además, con la incertidumbre de lo que hubiera pasado con el «Zirahuén» y nuestra dinamita.

El escuadrón regresó ya casi al medio día, con la noticia de que el «Zirahuén» estaba parado a la altura del 4 1/2.

Yo, ni tardo ni perezoso, monté en la locomotora, que estaba a presión y lista para lo que se ofreciera. Benítez también subió.

—Avance hasta el 4 1/2, maestro —le dije a Cházaro.

En el kilómetro 4 1/2, efectivamente, estaba el «Zirahuén». Nunca he podido explicarme por qué se detuvo allí, porque la vía seguía cuesta abajo y no había obstáculos, ni nada.

—Le faltó impulso —me dijo Benítez—. Vamos a empujarlo ahora.

Yo no estuve de acuerdo, porque no quería meterme con locomotora y «Zirahuén» y dinamita en la casa del Jefe de la Estación de Pacotas.

Enganchamos el vagón y lo arrastramos hasta el kilómetro 8, en donde estaba la cima. Allí nos detuvimos. El fogonero soltó el cople.

—Ahora, maestro —le dije a Cházaro—. A toda máquina hasta el 6.

Y allí vamos, empujando al «Zirahuén», bien asustados, a todo lo que daba la locomotora y cuesta abajo, además, con un quintal de dinamita en las narices.

—Bájele el volumen, maestro —le dije a Cházaro, cuando pasamos el 7.

El «Zirahuén» nos dejó atrás y se fue a toda carrera.

Como el ruido de la máquina no nos dejaba oír, estábamos con la duda de si había habido explosión, o no. Por fin nos detuvimos.

—Tiene que sonar más recio —decía Benítez.

Y nos quedamos allí parados, en el kilómetro 6, sin saber qué hacer y sin ver nada, porque el camino era sinuoso.

Yo no quería meterme en la boca del lobo, porque sabía que tarde o temprano íbamos a encontrar las avanzadas de Medina; por otra parte, no estaba con ánimos de esperar a regresar al campamento y mandar otro escuadrón y todo eso. Era perder todo el santo día.

—Aunque sea nomás hasta la curva —me suplicó Benítez.

—¿Están ustedes seguros de que no oyeron nada? —les pregunté a Cházaro y al fogonero, porque quería cerciorarme de que de veras nuestro avance era indispensable.

—No sabría decirle, mi General —me dijo Cházaro.

—Vamos, pues, adelante, maestro. Despacito.

Y allí vamos, adelante, y despacito, tomando la curva y al salir de ella, encontramos al «Zirahuén». En el 4 1/2 otra vez.

Todos lanzamos imprecaciones.

Nos acercamos y enganchamos el carro con mucho cuidado.

—Vamos a regresar al campamento y a ver qué otra cosa se nos ocurre —decía yo. Pero Benítez quería hacer otro intento.

—Vamos a echarlo con todo y máquina y regresamos a pie —me decía.

—En primer lugar, si la máquina va andando, corremos el riesgo de que se siga de frente hasta el lado americano y en segundo, no quiero desperdiciar una máquina, porque no tenemos tantas —le dije.

Él seguía empeñado en hacerle la lucha a su invención, pero yo ordené el regreso al campamento.

—Vamos a ver qué opinan los compañeros —dije, para terminar.

—Vamos a empujarlo nomás hasta el 3, mi General.

Debo confesar que la principal razón que me impulsaba a regresar al campamento es que ya me había cansado de andar con el «Zirahuén» para arriba y para abajo. «Si lo quieren empujar hasta el 3, que lo empuje otro», dije para mis adentros.

Regresamos, pues, al campamento.

Ordené que se dejara el «Zirahuén» bien lejos porque no quería volar con él si por un descuido explotaba.

—A este paso, nos quedamos a vivir en este llano —decía—. Además, todo esto lo debió hacer el Chato.

El Chato era Canalejo. Pero lo que debimos hacer desde un principio, fue mandarlo a otra parte, porque siempre fue un hombre de muy mala suerte.

En la tarde, hicimos una junta de Estado Mayor.

—Yo puedo hacer un bombardeo —dijo Juan Paredes.

—Lo malo es que no tenemos bombas —dijo Germán.

Yo estaba por regresar a Cuévano y seguir sobre México y Odilón Rendón por irnos a Piedras Negras.

—Si derrotamos a Macedonio Gálvez, los gringos nos abren la frontera por las buenas.

Canalejo ya ni decía nada, porque Trenza lo había

regañado. Benítez, en cambio, insistía con el famoso «Zirahuén».

—Vamos a soltarlo con la máquina andando —decía.

—Suéltenlo como quieran, pero suéltenlo ustedes —les dije con toda franqueza. Y entonces se me ocurrió que lo mejor sería soltarlo con Canalejo adentro, para que se nos quitara su mala suerte, pero me abstuve de decir nada.

En ésas estábamos, cada vez más malhumorados, discutiendo que si es negro que si es blanco, cuando entró el teniente Casado, que era nuestro jefe de transmisiones.

—Hay un telegrama de Estación Azuela, mi general —le dijo a Trenza. Y le entregó el papel en donde estaba escrito lo siguiente:

Pasó tren rumbo norte sin identificarse,
Dávalos.

—Ordene que lo detengan en la Noria —dijo Germán sin darle mayor importancia. Luego, se volvió a nosotros y nos dijo—: Mañana veremos qué se decide, porque hoy estamos de mal humor.

Y se levantó y se fue a refocilar con Camila, que no se le separaba. Los demás, nos fuimos a dormir.

# CAPÍTULO XVII

Yo ocupaba uno de los compartimentos del carro *pullman* que llevábamos para los jefes. Y allí estaba yo muy tranquilo, reparando mis desgastadas fuerzas, cuando Germán Trenza me despertó sacudiéndome.

—Avisan de la Noria que en el tren viene Valdivia.

—¿Cuál tren? —pregunté, porque ya no me acordaba del telegrama famoso que había traído Casado.

Claro que cuando desperté bien, comprendí que aquello estaba muy raro.

—¿A qué viene Valdivia?

—Es lo que hay que preguntarle cuando llegue, que será dentro de media hora. Vístete. —Cuando dijo esto, él se fue a lo mismo, porque andaba en calzones.

Luego, regresó vestido, caminando muy quedito.

—Que nadie nos oiga, por si trae malas noticias.

Bajamos del carro y fuimos hasta la tienda de campaña en donde dormían nuestros asistentes y les ordenamos que ensillaran los caballos.

La noche estaba muy oscura por estar el cielo encapotado; el piso estaba muy húmedo, pero no llovía. Mandamos llamar al oficial de guardia.

—Advierta a los muchachos que el general Arroyo y yo vamos a salir, para que no nos vayan a balacear —le dijo Trenza.

Entonces, trajeron los caballos. Montamos y cabalgamos a lo largo de la vía unos tres kilómetros hacia el sur, hasta llegar a las guardias. Cuando oímos la locomotora, Trenza ordenó encender una linterna y colocarla en la vía. Entonces apareció a lo lejos el fanal, que se fue acercando, hasta detenerse junto a nosotros con mucho ruido.

Nos dimos cuenta de que todos los que venían en ese tren estaban muy asustados.

—¿Quién vive? —nos preguntaron desde la máquina.

—Patria y Reivindicación Revolucionaria —contestó Trenza. Este era el lema que habíamos adoptado.

—En este tren viaja el general Valdivia.

—Díganle que aquí están Trenza y Arroyo, que queremos hablar con él.

Mientras se decían estas frases, se habían bajado del tren varios hombres. Uno de ellos, que venía envuelto en un sarape, se adelantó. Era Anastasio Rodríguez.

—¿Qué pasó, Tacho? —le preguntamos.

—Vengan —fue todo lo que nos contestó.

Lo seguimos. El tren consistía de dos jaulas y un carro comedor. En las jaulas había soldados dormidos; en la plataforma del carro comedor estaba Juan Valdivia, con una gorra de estambre, una bufanda y un suéter blanco. Nos abrazó con tanta emoción, que comprendimos que algo muy malo le había pasado.

—Hemos sido traicionados —nos dijo, casi sollozando.

—A ver, cuéntanos —dijo Trenza. Nos metimos en el carro y nos sentamos alrededor de la mesa.

Lo que nos contó Juan Valdivia, es posiblemente uno de los episodios más vergonzosos en la historia del Ejército Mexicano.

Esto es que, en los días que transcurrieron después de nuestra partida de Cuévano, Valdivia dedicó su tiempo a fortificar los alrededores de la población, como habíamos quedado. Las noticias que se recibían de los dos cuerpos expedicionarios eran inconclusas, porque ni Augusto Corona, el Camaleón, encontraba a Artajo, ni nosotros tomábamos Pacotas, y, en cambio, se sabía a ciencia cierta que la columna de Macedonio Gálvez había salido ya de Irapuato para atacar a las fuerzas reivindicadoras.

Todo esto, decía Juan Valdivia, había contribuido a producir una situación tensa entre la tropa: empezaron las deserciones. Ahora bien, según mi experiencia, las deserciones nunca empiezan porque las noticias sean inconclusas y el peligro inminente si estas circunstancias no van acompañadas del convencimiento intuitivo o demostrado de que el ejército en cuestión está en manos de un incompetente. El hecho de que Juan Valdivia era un incompetente está más que demostrado y lo extraño no es que la tropa haya descubierto su incompetencia durante esos días, sino que nosotros no la hubiéramos descubierto cuando lo nombramos Comandante en Jefe del Ejército de Oriente.

Así las cosas, y con Vardomiano que quería regresar a Apapátaro y con Cenón cada vez más calladito, ¿qué se le va ocurriendo a este grandísimo tarugo (Juan Valdivia)? Nada menos que organizar una «jugada» en un carro de ferrocarril. (Cuando digo jugada me refiero a la reunión de varias personas con el objeto de dedicarse a los juegos de azar). Y en ésas estaban, a la juegue y juegue, Anastasio Rodríguez, Juan Valdivia, Horacio Flores y algunos oficiales, en un carro comedor, cuando de buenas a primeras y sin decir agua va, les avientan una rociada de balas que rompió los vidrios y los hizo meterse debajo de las mesas. De allí no atinaron a levantarse más que para ordenarle al maquinista de una locomotora que pasaba arrastrando dos jaulas con un cargamento de marihuanos, que los enganchara y se los llevara para el Norte.

Todo esto lo oímos, Trenza y yo, de boca de Juan Valdivia, sin excusa y sin siquiera imaginarse que la necesitaba. Hasta la fecha no se ha sabido quién hizo esa descarga, ni por qué razón, porque de todos los que estaban allí, a ninguno se le ocurrió (o si se le ocurrió no tuvo los tamaños suficientes para hacerlo), bajarse y averiguar cuál era la situación y si se podía dominar.

Es cierto que Vardomiano, cuando supo que se les venía encima Macedonio Gálvez y vio que nosotros no teníamos para cuándo, decidió pasarse del lado de los federales. Pero nunca se sabrá qué tan perdida estaba la cosa, porque nadie intentó componerla. Los que dispararon esa descarga, ganaron la batalla más barata de la historia y nosotros perdimos seis mil hombres en una noche, la rica y populosa ciudad de Cuévano, y la de Apapátaro, porque Cenón Hurtado hizo al día siguiente una proclama diciendo que él estaba con Pérez H. y «los Poderes Legítimos» y en premio le dieron un ranchito de catorce mil hectáreas por el Salto de la Tuxpana.

Nosotros, en cambio, Trenza y yo, sólo recibimos esa noche a un general incompetente y sin ejército, que lo único que salvó de lo que nosotros habíamos conquistado a sangre y fuego, fue su pellejo, que de nada nos servía y que de lo único que teníamos ganas en ese momento era de agujerearlo, porque nadie se mereció tanto juicio sumario y fusilamiento. No se lo dimos, porque ya estaba escrito que de ese día en adelante, todo lo que íbamos a hacer, lo haríamos mal.

Estuvo mal no deshacernos de Valdivia; mal, suspender el asalto a Pacotas y abandonar la frontera, porque ese hubiera sido el momento de haberla cruzado y pedir asilo político en los Estados Unidos, mal también, retirarnos rumbo a Ciudad Rodríguez, que era un centro ferroviario perdido en el desierto, porque si bien es verdad que allí nos encontró el Camaleón y nos hubiera encontrado el Gordo Artajo, si nos hubiera buscado, también es cierto, que a fin de mes, allí estábamos sitiados y esperando a que por cada una de las cuatro vías que convergían en ese lugar, llegara un ejército a despedazarnos.

# CAPÍTULO XVIII

¿Por qué instalamos a la brigada de caballería en la hacienda de Santa Ana? No sabría decir. De todas las diferentes maneras de disponer de nuestro efectivo, ésta era evidentemente la más torpe. Sin embargo, en esos días, no sólo propuse este dispositivo, sino que acepté el mando de la brigada.

Es cierto que Santa Ana era un excelente puesto de observación; es cierto que el casco de la hacienda proporcionaba un cómodo alojamiento para nuestros tres regimientos; también es cierto que la señora Ellen Goo, que era la dueña, era una anfitriona admirable. ¿Pero qué hacíamos allí con mil hombres, si lo único que se necesitaba en este puesto eran unos buenos catalejos y un teléfono?

Por otra parte, las declaraciones que hizo Germán Trenza en el *Heraldo de León* me parecen una verdadera infamia, porque yo no propuse estacionar la brigada en

Santa Ana «...sólo como un pretexto para pasar unos días con Ellen Goo...», porque si hubiera abrigado alguna intención deshonorable hacia la antes mencionada dama, no hubiera necesitado de la brigada, ni de ningún pretexto, ya que con ella me liga hasta la fecha una amistad entrañable y me hubiera bastado la más leve indicación para conseguir lo que mi capricho hubiera dictado. Yo llegué a Santa Ana porque, como ya he dicho, en esos días todo lo hicimos mal.

Pues el caso es que allí estábamos Odilón Rendón, Anastasio y yo, como Aníbal en Capua, jugando póker día y noche con Ellen Goo, cuando el 25 de agosto a las doce del día vinieron a avisarnos que acababan de divisar las avanzadas de Macedonio. Comprendiendo que la inactividad había terminado y que se acercaba el momento culminante de la campaña, nos levantamos de la mesa de juego y fuimos al puesto de observación.

En efecto, pudimos distinguir una fuerza de caballería de unos cuatro escuadrones que avanzaba a lo largo de la vía del ferrocarril que conecta Cuévano con Ciudad Rodríguez. Después de dar las órdenes pertinentes, regresé a la hacienda y cuando hacía yo girar la manija del teléfono, los clarines ya estaban tocando a zafarrancho de combate.

Me contestó la estación del Sauce.

—No hay comunicación al Sur, mi General —me dijeron.

Comprendí entonces que las avanzadas de Macedonio ya habían cortado la línea.

—Déme el Cuartel General, en Ciudad Rodríguez —ordené. Se oyó el ruido de la comunicación y luego una voz:

—Cuartel General.

—¡Ya le he dicho que me identifique primero! —grité furioso, porque siempre se les olvidaba identificarme.

—Doscientos veintiséis —dijeron.

—Trescientos cuarenta y dos —les contesté. Teníamos una clave que era imposible descubrir si no estaba uno en el secreto. Cambiaba con cada llamada telefónica. Pedí comunicación con Valdivia, que no estaba. Vino Trenza.

—Ya están aquí —le dije.

La situación era peligrosa, pero no desesperada. Teníamos que habérnoslas con un enemigo muy superior a nosotros en número y en material y sabíamos que sólo podríamos vencerlo actuando rápidamente y atacándolo antes de que tuviera tiempo de concentrarse y tomar posiciones. Antes de colgar el teléfono, vino Anastasio a avisarme que ya se veían los trenes de Macedonio.

—Atácalos con la caballería —me dijo Trenza cuando le di esta última noticia, y me prometió embarcar a la tropa en nuestros trenes y venir a apoyarme lo antes posible.

Esta conversación fue la causa de que dos horas más tarde atacara yo a las fuerzas de Macedonio Gálvez en el punto denominado Las Vacas y de que, al no aparecer Trenza con la infantería, como lo había prometido, me viera yo obligado a retirarme con fuertes pérdidas. Esta escaramuza sin importancia, fue calificada por los periódicos como una gran derrota. Es cierto que me retiré con bastante prisa hasta Santa Ana, es cierto que tuvimos más de cien bajas entre muertos, heridos, prisioneros y desertores, es cierto también que esa noche tuvimos que abandonar Santa Ana, pero no fue una gran derrota. Sobre todo, no fue culpa mía.

Después de la retirada, cuando estábamos tomando posiciones defensivas en Santa Ana, por si se les ocurría venir en nuestra persecución, llegó Germán Trenza en un automóvil que venía levantando una polvareda.

Me insultó antes de saludarme.

—¡Por tu culpa se fue todo a la no sé cuántos! —me gritó.

—¡Por la tuya, grandísimo tal por cual! —le contesté.

Así estuvimos un rato, cambiando improperios. Cuando nos serenamos, nos dimos cuenta de que había ocurrido algo verdaderamente inaudito: después de que gracias a nuestra conversación telefónica, habíamos quedado de acuerdo en que Trenza saldría a atacar a las tropas de Macedonio Gálvez, que se acercaban a Ciudad Rodríguez por la vía de Cuévano, recibieron en el Cuartel General otra llamada telefónica, que indiscutiblemente la hizo el enemigo, que, indiscutiblemente, también había escuchado nuestra conversación anterior y, gracias al descuido de los operadores, a quienes siempre se les olvidaba identificarme, en esa segunda conversación telefónica, el enemigo le plantó a Trenza la gran mentira de que había contraorden y que el ataque se llevaría a cabo sobre la vía de Monterrey. Así que mientras yo me batía brava, aunque inútilmente, con las avanzadas de Macedonio, Germán Trenza se había ido a pasear con tres mil hombres, por el ferrocarril de Monterrey, en donde, huelga decirlo, no encontró alma viviente.

—¿Cuántas veces les dije que no se les olvidara identificarme? —dije, más enojado que nunca—. Si se hace una clave es para usarla.

Germán tenía tanta vergüenza del gran ridículo que acababa de hacer, que no se atrevió a contestarme.

—Más vale que te incorpores —me dijo después de un rato—. Vamos a defender Ciudad Rodríguez.

Tenía razón. No tenía caso conservar la brigada de caballería en Santa Anna. El enemigo había desembarcado de los trenes y estaba ya en línea de combate. Nuestras fuerzas no alcanzaban más que para defender Ciudad Rodríguez y resistir lo más posible, con la esperanza de que mientras llegara el Gordo Artajo, por la vía de Culiacán, con sus siete mil hombres y sus cuatro regimientos de artillería.

Germán y yo nos despedimos tristes, pero ya reconciliados. Él regresó al pueblo en su automóvil y yo me dirigí a la casa de la hacienda a preparar la retirada y a despedirme de la señora Ellen Goo.

# CAPÍTULO XIX

Ciudad Rodríguez no era ciudad, sino un pueblo rabón. Llegué a la media noche, con la brigada de caballería muy mermada, porque Odilón se nos perdió en la oscuridad con un regimiento. Primero creíamos que había tomado un atajo, pero después comprendimos que se había pasado al enemigo. No lo critico. Hizo bien. Yo hubiera hecho lo mismo si no fuera tan íntegro.

No encontramos dónde acuartelar las tropas, que acabaron durmiendo en la plaza principal. Yo ordené que colocaran mi catre de campaña en los portales y fui con Anastasio al Hotel Rodríguez, que era donde estaba el Cuartel General.

Valdivia, Trenza, el Camaleón y Canalejo, estaban en el comedor, con caras desencajadas, tratando de averiguar la manera de ganar una batalla que estaba más perdida que mi santa madre. Se los dije.

—Vamos a la frontera y pedimos asilo político.

Pero ellos todavía creían que Artajo iba a llegar, con sus siete mil hombres y sus cuatro regimientos de artillería. Es decir, ellos menos el Camaleón, que no creía en nada.

—Si yo fuera Artajo, no vendría a meterme en esta ratonera —dijo él, con mucha razón.

Valdivia le contestó no sé qué cosas, de la hermandad y del compañerismo, como si él fuera un gran amigo. El caso es que ellos siguieron creyendo lo de Artajo y el Camaleón y yo, no.

Me enseñaron un plano, con las defensas de la ciudad.

—No sirven —les dije.

Valdivia se puso furioso:

—¿Cómo que no sirven, si ni siquiera las has visto?

Es elemental. Cuando se fortifica una ciudad, las trincheras se trazan afuera del caserío, no adentro. Dejar que el enemigo ocupe parte de las casas, es darle parapeto gratis. Todos sabemos esto. Se los dije.

—Es que serían muy largas y no tenemos hombres suficientes para guarnecerlas —me explicó Trenza.

—Más vale tener una trinchera mal guarnecida, que al enemigo parapetado en frente —dije. El Camaleón estaba de acuerdo conmigo y Trenza, en el fondo también. Sólo Valdivia estaba muy contento con sus famosas defensas.

—Yo así las ordené —decía, como si esa fuera razón.

—Podemos demoler estas manzanas —dijo Germán, señalando la parte que quedaba fuera de las defensas. Pero todos sabíamos que ya no había tiempo de demoler, ni de nada.

—Vámonos a la frontera —volví a decir, pero nadie me hizo caso.

No quedamos en nada, como de costumbre. Levantamos la sesión, no porque estuviéramos de acuerdo, sino porque nos sentíamos muy fatigados.

Cuando ya iba yo rumbo a los portales a dormir, Augusto Corona, el Camaleón, me llamó aparte.

—Este Juan Valdivia está haciendo puras tonterías —me dijo, aunque con otras palabras más soeces.

Yo le hice ver que estaba de completo acuerdo con él.

—Conviene que lo eliminemos, por el bien de la revolución.

Yo estuve de acuerdo.

En esto, se nos juntó Germán. Le dijimos lo que estábamos pensando, porque sabíamos que compartiría nuestros sentimientos.

—Vamos a pasarlo por las armas —dijo—. Ya basta de tarugadas.

—Nos meteríamos en muchos líos y hay que recordar que fue nuestro candidato. A mí se me ocurre otra cosa —dijo el Camaleón, y entonces nos explicó su plan diabólico—: Vamos a mandarlo con Juan Paredes en el avión, a que le pida refuerzos a Artajo. Si lo encuentra y los refuerzos nos llegan a tiempo, mejor. Si no, cuando menos nos lo quitamos de encima.

A nosotros la idea nos pareció de perlas.

A las ocho de la mañana del día siguiente, hicimos otra junta, en la que nombramos a Valdivia Comandante en Jefe del Ejército de Occidente, que era el de Artajo. A las nueve ya estábamos despidiéndonos en los llanos de la Estación.

—No se apuren, muchachos —nos dijo Valdivia—, que yo vendré a socorrerlos tan pronto como se pueda.

Después de estas palabras, subió al Curtiss, en donde ya estaba Juan Paredes, el héroe de la aviación. Se elevaron sin ningún percance y pronto se perdieron en el nublado cielo de agosto. Fue lo último que se supo de ellos, porque hasta la fecha no se han encontrado ni siquiera sus restos.

Mientras esto ocurría, el General Cirilo Begonia llegó de Monterrey con cinco mil hombres para atacarnos.

Desgraciadamente, la incompetencia de Valdivia ya había causado demasiados daños. Al día siguiente, las fuerzas de Cirilo Begonia, después de una brevísima escaramuza, se apoderaron del caserío que habíamos dejado libre, y parapetados desde allí, hicieron un tiroteo que nos causó muchas bajas.

—Tenemos que hacer algo —dijo Trenza en la junta que hicimos después de este triste suceso.

Yo no quería arriesgar mis tropas, que era la única reserva que teníamos, pero también era la única solución.

—Yo procuraré desalojarlos, si me dan apoyo de artillería.

Benítez se prestó entusiasta, y a las diez de la mañana empezó a bombardear el caserío y después las ametralladoras de la infantería abrieron un fuego tan tupido que el enemigo debió estar tumbado de panza. Al cuarto de hora, se suspendió el tiroteo y avancé con la caballería con grandes gritos. Afortunadamente, los de Cirilo no me esperaron, sino que salieron corriendo como liebres. Dejamos atrás el caserío y los perseguimos hasta donde nos lo permitió el fuego de la segunda línea del enemigo. Entonces, nos retiramos victoriosos.

Habíamos cumplido nuestro objetivo, porque ya la infantería había ocupado el caserío famoso. Durante esta acción, mis tropas hicieron catorce prisioneros, que cuando regresamos a la plaza entregué a Canalejo, que era el comandante de la prisión, que estaba en el Cuartel de San Pedro.

Después fui al hotel y le ordené a mi asistente que me preparara un filete porque el combate me había despertado el apetito. Fue entonces cuando oí unas descargas por el lado del cuartel. Cuando estaba comiéndome el antes mencionado filete, llegó el capitán Gutiérrez a avisarme que Canalejo estaba fusilando a los prisioneros. Me levanté de la mesa furioso. Cuando está uno perdiendo una guerra, no puede darse el lujo de ser cruel con los prisioneros. Cuando llegué al Cuartel de San Pedro, ya había acabado con ellos.

—Es que no tenía quién los cuidara —me explicó Canalejo.

—Tú te haces responsable de este crimen de guerra que has cometido —le dije, y me fui a buscar a Trenza, que estaba en la estación.

—Vamos a formarle Consejo de Guerra —me dijo, cuando le relaté el suceso.

Y se lo formamos, a Canalejo. Con testimonio notarial y todo, para que se viera que había sido una cosa imparcial y que nosotros no sólo éramos inocentes del fusilamiento de los prisioneros de guerra, sino que reprobábamos el hecho rotundamente.

El tribunal, presidido por el Camaleón, declaró culpable al acusado y lo condenó a ser degradado y pasado por las armas.

Inmediatamente le formamos cuadro. Yo me encargué de arrancarle las insignias y Benítez dirigió el pelotón de ejecución. Para las cuatro de la tarde ya estaba enterrado el buen amigo Canalejo, Ave Negra del Ejército Mexicano.

—A ver si así se nos quita la mala suerte —dijo Trenza, pero apenas acababa de decir estas palabras, cuando vino un contraataque de las fuerzas de Cirilo Begonia, que desalojaron a las nuestras del caserío tan peleado.

Esa noche hubo calma, pero perdimos doscientos hombres que desertaron al enemigo.

—Vámonos a la frontera —dije en la junta que tuvimos al día siguiente, en el hotel.

Para estas horas, ya nadie creía que Artajo iba a llegar, con sus siete mil hombres y sus cuatro regimientos de artillería.

—Bueno —dijo Trenza—. Vamos a hacer el plan.

A mí me tocó lo peor, como de costumbre. La retirada iba a comenzar a las ocho de la noche. Primero saldría el tren blindado, con la artillería, al mando de Benítez; después, otros dos, con infantería, al mando del Camaleón y Trenza, respectivamente. Anastasio y yo, con la caballería, teníamos la misión de aguantar lo más posible y después retirarnos… a discreción; es decir, como Dios nos diera a entender.

En la noche mis hombres ocuparon posiciones y contestaban el fuego del enemigo, que iba creciendo. Es decir, que se estaban oliendo que ya íbamos de salida.

A las tres de la mañana, le dije a Anastasio que se retirara con uno de los dos regimientos que nos quedaban.

—Nos vemos en el Cañón de las Ánimas —le dije.

Él se fue con sus hombres. Yo me paseé por el pueblo en donde no quedaban más que los heridos que habíamos juntado en los portales y que se quedaban a cargo del mayor Mendoza, que era nuestro médico.

—Buena suerte —le dije. Después lo pasaron por las armas, como represalia de los fusilados por Canalejo.

De allí, es decir, de la plaza principal, me dirigí a la estación y ordené que se le prendiera fuego al bagaje que dejábamos abandonado, que era bastante.

Luego ordené a mis hombres que dejaran las posiciones y nos pusimos en marcha cuando ya estaba despuntando el día.

Íbamos por el camino de Tetela, cuando oímos por el rumbo del ferrocarril una terrible explosión. Yo, en un acto de compañerismo, que hasta la fecha no me explico, decidí ir a investigar. Salimos del camino y nos fuimos a la derecha, como quien va a la hacienda de Santa Inés. Al subir a una loma ¡que vamos viendo el resplandor de un tren en llamas!

Cuando llegamos al lugar del siniestro, encontramos un gran desbarajuste.

El «Zirahuén», que seguía cargado y al que Benítez le tenía tanto cariño que lo llevaba para todos lados, explotó. Nadie sabe por qué. Y con él explotaron dos carros de municiones que iban en el primer tren y además, toda la artillería y, por supuesto, todos sus ocupantes, incluyendo a Benítez, el inventor del «Zirahuén», que tan valiosos servicios había prestado y que tan brillante futuro hubiera tenido de no haber estado de nuestra parte.

Lo terrible, no fue tanto haber perdido toda la artillería y las municiones, sino que la vía quedó obstruida para los otros dos trenes de la infantería. Ahora había que seguir la retirada a pie.

—Casi me dan ganas de rendirme —me dijo Trenza cuando lo encontré. Yo sé que eso le dolía, porque él había sido un militar muy bravo que nunca se había rendido. Pero Camila estaba embarazada y no podía caminar.

El Camaleón lo disuadió.

—¿A qué te quedas, Germán? ¿A que te fusilen?

Les conseguí unos caballos y seguimos el camino lentamente.

A las cuatro de la tarde, ya teníamos al enemigo encima, tiroteándonos. Yo hice una carga, para ver si se espantaban y se iban, pero con pocos resultados.

Esa noche, la pasó la caballería en Trejo, protegiendo la retirada de la infantería.

Cuando nos pusimos en marcha, descubrimos que la infantería se había dispersado durante la noche. Sólo quedaban Germán, el Camaleón, Camila y dos asistentes.

—Desertaron —me explicó Germán.

—Hicieron bien —comenté.

Al atardecer, llegamos, con un escuadrón escaso, al Cañón de las Ánimas.

# CAPÍTULO XX

Anastasio se había fortificado en las Peñas de Santa Prisca, que están en la entrada del mentado Cañón, con los doce hombres que había logrado salvar de la desbandada.

Hicimos una junta.

Anastasio y Horacio Flores estaban por rendirse.

—Ya perdimos la guerra, ¿para qué seguimos peleando? —dijo Anastasio.

—Para que no nos fusilen —le dijo el Camaleón. Trenza y yo estábamos de acuerdo con él.

Horacio Flores trató de convencernos de que lo más que podían hacernos era deportarnos.

—Si nuestro destino es acabar nuestros días en los Estados Unidos —dije yo—, más vale entrar en ellos por nuestro propio pie y no pasar la vergüenza de que nos acusen de alta traición y todo eso. —Más me hubiera valido callarme la boca, porque en esa junta nunca logramos ponernos de acuerdo. Anastasio y Horacio Flores acabaron por irse a buscar a quién rendírsele. Trenza, el Camaleón y yo echamos suertes para ver quién se quedaba defendiendo el Cañón mientras los demás se iban a Chavira, por donde pensábamos cruzar al lado americano. Yo perdí.

Al amanecer, cuando ya se iban, mis compañeros se despidieron de mí como de un gran héroe, porque ya me daban por muerto. Yo también me daba por muerto.

Cuando ya se habían ido, por el Cañón, montando unos caballos que apenas podían tenerse en pie, regresó un piquete que había yo mandado a conseguir víveres, con tres vacas que se habían robado. Esa fue nuestra primer comida desde nuestra salida de Ciudad Rodríguez.

Después de la comida, ordené que se formaran.

—El que se quiera ir, más le vale.

Nadie se fue. Si iban a caer en manos del enemigo, preferían hacerlo en compañía de un General, sin darse cuenta de que yo iba a ser el primer fusilado.

Les repartí el dinero que me quedaba, pero ellos prefirieron enterrarlo, para que no se los quitaran al apresarlos. Después pasé revista a mis efectivos: teníamos veinte hombres y dos ametralladoras, con parque para resistir unas dos horas, si nos íbamos con tiento.

«Más nos hubiera valido irnos con Trenza y el Camaleón» —pensé para mis adentros.


Cuando esa tarde apareció por el desfiladero la columna del Chato Argüelles, resistimos con gallardía, pero el parque se agotó antes de que se metiera el sol. Entonces sacamos un trapo blanco. Ellos sacaron otro. Salí de mis parapetos y me fui acercando a sus posiciones, con miedo de que me acribillaran. Afortunadamente no lo hicieron.

Después me llevaron con el Chato, que era el comandante de esa fuerza y que había sido compañero de armas mío. Nos abrazamos muy cariñosamente.

—Lupe —me dijo—, qué gusto me da verte.

«Verme fregado», pensé para mis adentros.

—Yo me entrego —le dije—, pero no vayas a fusilar a los muchachos.

—No faltaba más —me contestó—. Te prometo que nada les pasará.

Y en efecto, nada les pasó. Nomás estuvieron en la cárcel militar por cinco años.

A mí me llevaron a Ciudad Rodríguez.

—Te van a formar Consejo de Guerra —me dijo el Chato cuando me entregó en el cuarto de guardia del Cuartel de San Pedro. Yo ya lo sabía.

En el calabozo encontré a Anastasio y a Horacio Flores.

—Mañana nos fusilan —me dijo Anastasio cuando entré.

Lo abracé conmovido porque comprendí que había perdido su última oportunidad de escapatoria, nomás por creer en las palabras de Horacio Flores, que afortunadamente pagó su optimismo de la misma manera.

Al amanecer del día siguiente los pasaron por las armas. A mí me dieron algo de desayuno y luego me llevaron con escolta al Hotel Rodríguez. El tribunal se había instalado en el comedor.

Desde el momento en que entré comprendí que mi caso era un caso perdido y que yo estaba ya como fusilado. El tribunal lo presidía Cirilo Begonia, el fiscal era el mayor Arredondo, que siempre fue un gran taimado, y el defensor, el capitán Cueto, que tenía fama de tonto.

Pedí la palabra.

—Me niego a ser defendido por el capitán Cueto, ni por nadie. Este juicio es una faramalla. Digan ustedes lo que quieran, pero yo no voy a participar en ella. —Dicho esto, me senté y cerré la boca y no la abrí en las tres horas que duró la farsa.

Me la habían preparado gorda. Los testigos eran Cenón Hurtado, Vardomiano Chávez, Don Virgilio Gómez Urquiza, Don Celestino Maguncia, el Padre Jorgito, Maximino Rosas, dos ricos de Apapátaro, la viuda de uno de los fusilados de Cuévano y otros más. Me acusaron de todo: de traidor a la Patria, de violador de la Constitución, de abuso de confianza, de facultades y de poderes, de homicida, de perjuro, de fraude, de pervertidor de menores, de contrabandista, de tratante de blancas y hasta de fanático catolizante y cristero.

—Perdóname, Lupe —me dijo Cirilo Begonia cuando se levantó la sesión—, pero tenía yo órdenes expresas de la Presidencia de la República de que las cosas fueran así.

Más de un año tardó Pérez H. en vengarse del incidente en el Panteón de Dolores, pero se vengó bien.

—No te apures, Cirilo —le contesté—, yo sé lo que son estas cosas. No te guardo rencor.

Y en efecto, no se lo guardo.


El tribunal me puso a la disposición del Comandante de la Guarnición de la Plaza, que era Macedonio Gálvez. La escolta me llevó al Cuartel de San Pedro y me metieron en mi calabozo.

Cuando vino el oficial de guardia a preguntarme mis últimos deseos, le ordené que me trajera los periódicos más recientes y una botella de cognac Martell.

Más tarde, hojeando los periódicos, me di cuenta de que el grandísimo tal por cual del Gordo Artajo, ni siquiera se había movido de su ciudad natal y que «...su actitud patriótica», decían los periódicos, «ha sido uno de los principales factores en la pacificación del país». Artajo había sido el comodín, en nuestro caso, como lo fue Eugenio Martínez en el del malogrado general Serrano. El conspirador que desaparece el día del levantamiento con un cuerpo del ejército. Comprendí entonces, con mucha tristeza, que habíamos sido juguete de Vidal Sánchez. Los revolucionarios éramos pocos, como él decía, pero él quería todavía menos.

Terminé mi botella de Martell y ya me disponía a pasar durmiendo las últimas horas que me quedaban de vida, cuando abrieron la puerta del calabozo y entró nada menos que Macedonio Gálvez.

—¿Sabes que tengo órdenes de pasarte por las armas? —me preguntó. Se sentía muy triunfador. A mí ya nada me importaba—. Nomás que no lo voy a hacer. Porque cuando estaba yo tan… —aquí dijo una palabra que no puedo repetir—, tú me invitaste a comer y me regalaste tu pistola para que yo la empeñara. —Esto último, huelga decir, es una gran mentira. Él se robó mi pistola de cacha de nácar y yo hice lo posible para que lo capturaran y lo pasaran por las armas. Así que le agradezco mucho a Macedonio Gálvez que no me haya fusilado esa noche como era su deber; pero yo no le regalé mi pistola, él se la robó.

Claro que en ese momento no estaba yo con alientos para contradecirlo.

# EPÍLOGO

El cadáver que salió retratado al día siguiente en los periódicos era el de un carnicero que dicen que se parecía mucho a mí.

Yo me reuní con Matilde y los niños en San Antonio, Tejas, y allí pasé los ocho años más aburridos de mi existencia. Cuando deportaron a Vidal Sánchez y a Pérez H., los supervivientes de la Revolución del 29, es decir, Trenza, el Camaleón y yo, regresamos a México como héroes. Trenza se dedicó a la agricultura, el Camaleón a la política y yo a mi familia y al comercio. No nos ha ido mal.

## NOTA EXPLICATIVA
### para los ignorantes en materia
### de Historia de México

Porfirio Díaz forjó, en los treinta años de su tan vituperado reinado, una casta militar y un ejército, tres o cuatro veces más numeroso que el actual, que desfilaba cada 16 de septiembre entre los aplausos del populacho. Los oficiales fueron a Francia para aprender *le cran* y a Alemania para aprender lo que hayan sabido los prusianos de la época. Cuando terminó la Guerra de los Boeros, Don Porfirio alquiló a dos o tres de sus generales para que vinieran a hacer el ridículo aquí en Coahuila. La infantería mexicana fue la primera en adoptar un fusil automático (el Mondragón, fabricado en Suiza), algunos de cuyos ejemplares todavía son usados los domingos en los ejercicios marciales de los jóvenes conscriptos.

Todo esto se vino abajo con la Revolución Constitucionalista de 1913. Los oficiales que habían estudiado en Francia y en Alemania, los generales boeros y las infanterías dotadas con los flamantes Mondragón fueron literalmente pulverizados por un ejército revolucionario que estaba al mando de Obregón, que era agricultor; de Pancho Villa, que era cuatrero; de Emiliano Zapata, que era peón de campo; de Venustiano Carranza, que era político, y no sé lo que haya sido en su vida real don Pablo González, pero tenía la pinta de un notario público en ejercicio. Estos fueron, como quien dice, los padres de una nueva casta militar cuya principal preocupación, entre 1915 y 1930, fue la de autoaniquilarse. Obregón derrotó en Celaya a Pancho Villa, que todavía creía en las cargas de caballería; don Pablo González mandó asesinar a Emiliano Zapata; Venustiano Carranza murió acribillado en una choza, cuando iba en plena huida; nunca se ha sabido si por órdenes o con el beneplácito de Obregón, que, a su vez, murió de los siete tiros que le disparó un joven católico profesor de dibujo. Pancho Villa murió en una celada que le tendió un señor con el que tenía cuentas pendientes. En los intestinos del general Benjamín Hill, que era Secretario de Guerra y Marina, se encontraron rastros de arsénico; el cadáver de Lucio Blanco fue encontrado flotando en el Río Bravo; el general Diéguez murió por equivocación en una batalla en la que no tenía nada que ver; el general Serrano fue fusilado con su séquito en el camino de Cuernavaca, y el general Arnulfo R. Gómez fue fusilado, con el suyo, en el Estado de Veracruz; Fortunato Maycotte, que, según el corrido, divisó desde una torre a las tropas de Pancho Villa, al lado de Obregón, fue fusilado en Pochutla, por las tropas del mismo Obregón; el general Murguía cruzó la frontera con una tropa y se internó mil kilómetros en el país sin que nadie lo viera; cuando lo vieron, lo fusilaron, etcétera, etcétera, etcétera.

Estas grandes purgas no fueron completamente eficaces. En el año 1938 el Ejército Mexicano contaba con más de doscientos generales en servicio activo, de los cuales más de cuarenta eran de División, y con sus efectivos no podían formar ni tres Divisiones.

La solución de estas anomalías la dio la Ley de Pensiones de Retiro y la Naturaleza. En la actualidad, el Ejército Mexicano tiene los generales que le hacen falta; todos los demás están enterrados, retirados o dedicados a los negocios.

# ÍNDICE